Über das Buch:
Es geht wieder los. Kommissar Schneider ermittelt wieder und kriegt zum Schluss alles raus.
Der fünfte Kommissar Schneider-Roman. Und frisch wie der erste. Unfassbar, was diese Spezialwaffe der Kriminalpolizei diesmal erlebt. Er schlägt sich mit einem international gesuchten geheimnisvollen Schwerverbrecher herum, und sein Leben zu Hause mit Frau und so weiter ist auch nicht gut.
Kommissar Helge Schneider hat in den letzten Jahren viel geleistet in der Verbrechensbekämpfung. Zeugnis dieser Tätigkeiten und polizeilichen Fahndungserfolge sind die KiWi-Romane Nr. 355, 391, 415 und 624. Schon im letzten Roman musste der pensionierte Kommissar reaktiviert werden. Und nun schon wieder, es läuft einfach nicht ohne ihn.

Über den Autor:
Helge Schneider, geboren 1903, ist in der Literatur ein Außenseiter geblieben. Assessor für Physik an der Hochschule für Mathematik zu Babel von September 1952 bis August 1961, Weiterbildung zum Closett-Tieftaucher bei Professor Hans Hass, Germanistiklehrstuhl in Heilbronn und Welfen. Voraussichtliche Einlieferung ins Bethseda-Krankenhaus in Duisburg wegen Fettabsaugen – doch nicht. Wahrscheinlich mehrere Kinder, die auf seine Rechnung gehen. Großer Preis von Japan im Jahre 1998 (der ewige Zweite!).

Vier weitere Kriminalromane bei K&W:
»*Zieh dich aus du alte Hippe*«, KiWi 355, 1994. »*Der Mörder mit der Strumpfhose*«, KiWi 415, 1996. »*Das scharlachrote Kampfhuhn*«, KiWi 391, 1995. »*Der Scheich mit der Hundeallergie*«, KiWi 624, 2001.

Helge Schneider

Aprikose, Banane, Erdbeer

Kommissar Schneider und die Satansknalle von Singapore

Kiepenheuer & Witsch

die Satanskralle van Singapore

Der graue Beton raste durch sein Hirn. Gitterstäbe schauten ihm über die Schulter und warfen Schatten auf seine Seele. Es piepte. Ein kleiner Spatz flügelte hurtig gegen den Wind und klatschte an das Fenster. Zu spät. Schmerzverzerrt zeigt er ihm sein kleines Gesicht. Er klebte noch ein paar Schläge an der Scheibe, fiel dann herab. Wie der Vogel sich im Herabfallen wohl wieder fangen würde, sah er nicht. Aber sein Gehirn strengte sich an.

Er sah durch die zweieinhalb Meter dicke Betonmauer hindurch. Grüne Wiesen und Wälder hatten sich bei der Reise hierhin tief in sein Innerstes geprägt, doch die Küche war ihm fremd, Kohlrouladen und Kartoffeln, das kannte er nur aus dem Fernsehen. An seinem Bein kauerte die dicke Eisenkugel an einer Kette. Die Uhr schlug sechs, das einzige, was er zu hören bekam, außer einmal am Tag die Klappe in der Tür, durch die Essen hereingeschoben wurde und durch die er die Reste wieder rausschob. Guten Appetit. Noch einhundertfünfundzwanzig Jahre. Wie sollte er das aushalten können! Die Sehnsucht nach Flucht war in den Jahren so groß geworden, daß er sie nun endlich verwirklichen wollte.

Sein Plan sah so aus: Wenn er die Möglichkeit bekommen sollte, eine Art Paddelboot in seine Zelle schmuggeln zu lassen, konnte er über das offene Meer fliehen. Dazu brauchte er ja nur seine Tante in Hanoi anzurufen und ihr zu sagen, wo er ist. Tja, wenn es so einfach wäre! Er schlug mit der

Faust verbissen gegen die Eisentür. Es hallte noch lange über die Flure. Er war der einzige Gefangene, rund um die Uhr von vierzig schwerbewaffneten Spezialeinheiten beschützt. Das hatte auch sein Gutes, so konnte er wenigstens nicht geklaut werden.

Er sang ein Lied, oder versuchte zumindest, etwas Gesangsähnliches hervorzubringen, doch seine Stimme versagte. Warum hatte er kein Radio!? Das war doch erlaubt! Der Gesetzgeber hatte es doch ausdrücklich beschrieben in den Akten! Er wälzte seit Jahren Akten, um sich selbst zu verteidigen, wenn endlich der Tag der Revision kam.

»Guten Morgen, Herr Waterkant, wie geht es Ihnen?« »Na ja, man kann nicht klagen!« Der Arzt nahm die Karteikarte und schaute hinein, dabei zog er eine Zigarette aus dem Aschenbecher und schmiß sie aus dem Fenster. Das war das Zeichen, das sie untereinander ausgemacht hatten. Der Herr Waterkant sprang auf und haute ab, ohne auf Wiedersehen zu sagen. Wenig später betrat ein Polizist das Wartezimmer des Doktor Hartmann. Er war Hals-, Nasen- und Ohrenarzt, hatte aber seine besten Jahre schon hinter sich. Jedoch war er ein Geheimtip.

»Was wünschen Sie, der Herr?« Der Arzt sprach betont leise. Der Polizist stellte sich vor. »Guten Tag, ich bin Wachtmeister Busch, ich dachte, den Kommissar Schneider gerade hier hereingehen gesehen zu haben. Das wäre ja ein Ding, der ist nämlich seit ein paar Monaten nicht mehr im Büro gewesen, und wir machen uns natürlich Sorgen um ihn, ich bin sein zukünftiger Schwiegersohn, und seine Tochter kennt mich. War er da?«

Der Arzt merkte wohl, daß er flunkerte. »Nein, nicht daß ich wüßte!« Dann drehte er sich in seinem Arztstuhl um und rief laut: »FEIERABEND!«

»Wo ist der Senf!« Der Kommissar raste in seiner kleinen Küche. Er war allein. Seine Frau war für ein paar Tage zu Verwandten in die botanischen Gärten von Ingolstadt gereist. Herrlich dort. »Verdammte Scheiße, hat die denn gar kein Gespür für Ordnung?! Wo ist denn der Scheiß-Senf schon wieder hin!« Er konnte nicht mehr, seit einer halben Stunde suchte er den Senf jetzt. »Ah! Da ist der Senf ja!« entfuhr es zischend seinem zu einem schmalen, bösen Spalt geschlitzten Mund. Er schnappte sich die Tube und öffnete sie, dann spritzte er den Senf lachhaft aus der Tube auf sein Eibrötchen.

Der Senf war zwischen den Spülmitteln und Schwämmen gewesen. Ein blödes Versteck. Der Kommissar durfte keinen Senf mehr essen oder so Sachen wie Salz und Zucker. Er war jetzt schon mehr als zwei Jahre im Ruhestand und langweilte sich ganz schön. Das schlägt auf den Magen. Er war unglücklich. Sein ganzes Leben war er Polizist gewesen, und jetzt? Das untätige Rumhängen schmerzte seine Seele. Seine Haare hingen wortlos aus seinen Geheimratsecken. Seine Haltung war mehr als unspektakulär, und sein Geruch war eine Mischung aus dem Geschmack von altem feuchten Papier und einem leichten Kackegeruch aus dem Hals. Er wurde alt. Sein Herz wurde letzte Woche zum zweiten Mal untersucht. Nichts. Sie hatten mal wieder nichts gefunden. Kerngesund. Er war medizinisch ein Teenager, jedoch sah er im Gesicht aus, als hätte er sein Leben lang nur Regenwürmer und Kartoffelschalen gegessen. Auch schwappten seine Füße locker in den früher etwas eng sitzenden Schuhen. Seine Socken hatten Laufmaschen, und seine Hose war schon eine Antiquität, die sich jedoch leider bald in ihre Bestandteile auflösen wollte, wenn der Kommissar nicht bald mal etwas dagegen unternimmt.

Waschmaschine geht ja nicht, nur Reinigung. Gabardinehosen dürfen nicht naß gewaschen werden. Aber das wußte er nicht, sonst wäre er nicht, auf der Spur des letzten Verbrechers, den er kriegen wollte, durch diesen breiten Fluß geschwommen. Ganz und gar bekleidet.

Er spähte in den Fernseher, konnte gerade noch die Umrisse der Tagesschau-Antennen erkennen. Seine Augen trieften, auch das Sehen war anstrengend geworden ohne Brille. Er hatte sich gestern auf seine Brille gesetzt in seinem Auto und war gegen eine Straßenlaterne gefahren, weil er nichts sehen konnte. Er war ausgestiegen und hatte gehofft, daß ihn niemand gesehen hatte. Da war diese alte Frau gewesen, die aus dem Fenster guckte. Hatte sie etwas gesehen? Er war unsicher. Wenn ja, würde es etwas Aufregung geben im Kommissariat, denn die Typen machten sich alle naselang Sorgen um den Kommissar. Er war nicht mehr gerne in die Kneipe gegangen, wo die anderen Beamten rumhängen. Er war jetzt viel allein. Aber sein ganzes Leben war er praktisch ja schon allein gewesen, weil keiner, aber auch wirklich keiner, so verzwickt und phantastisch denken konnte wie der

Kommissar. Er war Einzelgänger, seine Frau allein wußte, daß mit ihm nichts mehr los war. Das heißt, sie dachte es. Er war zu schlau, die nur ihm gebührende legere Einstellung zum Leben mit ihr teilen zu wollen. Sie war ihm zu unordentlich. Das wußte sie. Es war zu spät, sie konnte nichts mehr dazulernen. In der Hauswirtschaftsschule hatte sie immer in allen Fächern eine Sechs gehabt. Das hat er nach der Hochzeit herausgefunden. So erlernte er selbst kochen, häkeln, waschen und bohnern. Er ersetzte sie aber nicht ungern, so blieb alles in seiner Hand. Und jetzt war sie verreist. Er bemerkte es nur an dem falsch liegenden Senf. Was noch? Im Bett war es jetzt unmöglich, die richtige Schlafstellung zu bekommen, er kullerte nun nicht mehr in die Bettmitte neben sie, weil der Abhang fehlte. So quälte er sich nächtelang damit, auf dem völlig geraden Bett zu schlafen. Das war sehr schwer.

Ein fahles Licht schoß quer in seine von Tabletten aufgedunsene Wange. Heiß dampfte der Morgennebel in den Brennesseln. Eine frühe Elster schnatterte sich warm, es war kalt an diesem Morgen. Die Gitter des kleinen Fensters tropften sich fit für den Tag. Ein Bunsenbrenner zeigte in seinen Hals, er war erkältet, alles schien roh zu sein.
Der Brei von heute morgen schimmelte bereits vor sich hin. Trotzdem aß er ihn ganz auf, denn er war sehr hungrig. Heute wollte er hier raus. Aber das wollte er eigentlich ja immer. Gelungen war es ihm bis heute noch nicht. Er dachte quer. Warum hatten sie gerade ihn ausgesucht? Er war sich

15

keiner Schuld bewußt. Bloß wegen seiner Erfindung? Es war doch kein Verbrechen, was er begangen hatte! Nein, er zermarterte sich seit Jahren den Schädel deswegen. Er war unglücklich deswegen, fühlte sich nicht verstanden. War er denn ein Mörder? Ein Dieb? Er verstand es nicht. Warum nur, warum. Seine flachen Hände knallten stetig und mittelhart gegen seine Stirn.

Er wusch sich anschließend. Die Zahnbürste hatte er vor einigen Monaten als Schuhbürste genommen, seitdem traute er ihr nicht. An der Wand hing müde das ausgerissene Bein einer Landspinne. Wie es wohl dahin kam, keiner weiß es.

Aus allen Ecken kamen sie nun, Kakerlaken, die Sonne zog sie zu sich hinauf. Krabbel, Krabbel, Poprabbel.

Im Krankenhaus lahmte ein in sich gekehrter Kommissar Schneider den Flur entlang zur endoskopischen Abteilung. Heute wollte er sich eine Magenspiegelung machen lassen, das tat er seit geraumer Zeit regelmäßig, manchmal sogar zweimal im Monat. Er hatte schon Übung, wie man den Schlauch schlucken kann, ohne zu erbrechen. Jetzt machte ihm die Prozedur auch nichts mehr aus. Er freute sich ein wenig. Hier kannte man ihn nur unter seinem falschen Namen: »Herr Waterkant«. Allerdings wußten natürlich alle darüber Bescheid, daß es Kommissar Schneider sein mußte, er war ja immerhin bekannt aus Funk und Fernsehen. Aber anmerken ließen sie es ihm besser nicht. Das würde ihn fuchsteufelswild machen. Also klopfte er an die Tür, wo draufstand: Endoskopie, Dr. Schneppamat.

16

»Guten Morgen, Herr Waterkant, wieder mal zur Magenspiegelei?« »Ja, beeilen Sie sich, ich will heute doch noch zusätzlich zur Blasenspiegelung.« »Oh, das wird aber etwas anders werden wie eine einfache Magenspiegelei, Herr Kommi ... äh, ich meine Herr Waterkant.«

»Kümmern Sie sich um ihren eigenen Scheiß, Schneppamat, ich zahle schließlich Krankenversicherung. Los, gib den Schlauch her, ich hab Hunger!« Jetzt hatte er sich indirekt verraten! Er hatte also Hunger, deshalb ging er zur Magenspiegelung! Da gibt es nämlich nachher ein Stück Weißbrot und ein paar Schlucke Milch! Der Dr. bemerkte es natürlich, sagte aber nichts, weil er seine Patienten lieber sich selbst überlassen will. Eine Mauer des Schweigens umgab die beiden, als der Kommissar den Schlauch aß. Obwohl der Arzt ein Tennisball-großes Stück Bockwurst oder so im Magen entdeckte, behielt er das für sich. Er vergaß anschließend ein Stück Schlauch im Magenausgang des Kommissars. Ein Kunstfehler. Kann mal passieren. Der Kommissar nahm es gelassen, er hatte es ja nicht gemerkt. Schwitzend und mit schlechtem Gewissen entließ ihn der Arzt zur Blasenspiegelung. »Tschüs!«, mehr war aus ihm nicht herauszubekommen, sosehr der Herr Kommissar Schneider sich auch bemühte. Dann rollte er zur Urologie, hatte sich einen Faltrollstuhl unter den Nagel gerissen, denn er hatte keine Lust zu gehen. Ein Rentner kann ruhig mit dem Rollstuhl fahren, dachte er verschmitzt bei sich.

Er schrie wie am Spieß bei der Blasenspiegelung, da riss ihm die Schwester die an einer Kanüle sitzende Kamera wieder raus aus dem Pipimann. Die wichtigsten Aufnahmen hatte sie ja schon gemacht. In der Blase war alles in Ordnung, bis auf die Tatsache, daß sie sehr groß war, weil der Kommissar immer einhalten muß bei Verfolgungen.

Kommissar Schneider stand am Würstchenstand, vor ihm eine lange Schlange Menschen. Hier bei »Würstchen Heinz« waren die Thüringer ausgezeichnet. Schön warm. Die Sonne lachte. Unter der Kastanie der Kinderspielplatz war total zugedreckt mit den Resten des letzten Jahres. Die Stadt kümmerte sich nicht um ihre Kinder. Die Rutsche war vollgekotzt, und das Klettergerüst ragte zersaust in den Himmel, etliche Bretter fehlten oder waren verfault. Der Papierkorb quoll über, ja neben ihm war sogar ein Berg Müll fast darüber weggewachsen. Von Sandkasten konnte keine Rede mehr sein, überall Hundehaufen. Gerade schiß ein ausgewachsener Bullterrier wieder was hinzu. Die beiden Kleinen kümmerte das nicht, sie spielten Bagger. Ein Kind nahm eine Handvoll Sand und aß ihn. Da kam die Mutter angewetzt: »Paß auf, jetzt krisse ein paar aufe Fresse, du Arsch«, schrie sie den verdutzten Jungen an. Ein anderes Kind schrie unentwegt: »Anee! Annee! Annee!« Seine Mutter war wohl gerade weggegangen, einkaufen oder so. Ein älterer Bub kümmerte sich dann um ihn. Er schmiß ihm Dreck ins Gesicht. So war der Kleine wenigstens etwas abgelenkt.
Kommissar Schneider sah in diesen Ausschreitungen die Brutstätte der Gewalt für später. Deshalb wollte er demnächst mit einer von den Stadtwerken entwendeten Planierraupe den ganzen Scheiß zuschmieren. Ob er dafür evtl. sogar Gefängnis bekam, war ihm egal. Sein Entschluß stand fest. Heute noch wollte er es erledigen. Nachdem er sein Würstchen esstechnisch versorgt hatte, ging er los in Rich-

tung Stadtwerke-Depot. Da, wo die Maschinen standen, Bagger, Wasserwerfer etc. Es begann bereits dunkel zu werden. Der Zaun war hoch. Kommissar Schneider hatte wie immer eine Kombizange dabei. Nun mußte sie herbeigezaubert werden aus der Manteltasche. Schnell ein paar Schnitte, und zack, war er drin. Im Halbdunkel der untergehenden Sonne lugte er um einen Kran herum. Ja. Da vorne stand die Raupe. Schnell, ein paar leise, behende Schritte, und er saß schon drauf. Jetzt nur noch das Ding kurzschließen und brmmm! brmmmm! warf er die Raupe an. Das schwere Gerät machte sich auf den Weg. Mit affenartiger Geschwindigkeit flog Kommissar Schneider förmlich auf dem Ding durch den Zaun, quer über die Straße und dann durch den Stadtpark. Da vorne war der Spielplatz. Nur wenige hielten sich jetzt dort auf. Penner und Junkies. Um sich nicht zu gefährden, denn die Typen konnten unheimlich ausrasten, wartete der Kommissar, bis alle weg waren. Der eine ging zu seinen Eltern nach Hause, der andere weiter, wie ihn die Füße trugen. Jetzt war Stille eingekehrt. Ein lautes Motorengehämmer riß die Stadt aus dem Schlaf. Kommissar Schneider startete das Ding. Pöff, pöff, pöff, und ab zum Sandkasten. Erst mal da drüber, er riß die Rutsche hinter sich her, dann das Klettergerüst, und da standen auch schon gleißende Scheinwerfer gen Himmel. »Achtung, Achtung! Kommen Sie mit erhobenen Händen raus!«

Zu spät, sie waren ziemlich schnell da, Kommissar Schneider hatte nicht mit soviel Ehrgeiz seiner früheren Kollegen gerechnet. Er sprang vom Bock und hastete ins Unterholz. So bewegte er sich auf allen vieren daher, als plötzlich ein schnüffelnder Hund vor ihm als Schatten auftauchte, der

19

Köter hatte ihn gerochen! Mist! Laut winselnd sprang der Hund ihn an. Kommissar Schneider warf sich zur Seite und ließ den Hund an sich vorbeihechten, dann drehte er sich blitzschnell und ... brach vor Schmerz zusammen, Reste des Schlauchs von der Magenspiegelung verhakten sich in seiner Speiseröhre. Jetzt war auch schon Wachtmeister Hörneke zur Stelle, der natürlich sofort den Kommissar erkannte. »Was zum Teufel machen Sie denn hier, Herr Kommissar?«

»Ich war um ein Haar an ihm dran! Verdammte Scheiße, ihr mit euren Schnüffelhunden habt alles kaputtgemacht! Ich werde eine Dienstaufsichtsbeschwerde einreichen, darauf können Sie sich verlassen! Und nun helfen Sie mir, Hörneke!« Dem Wachtmeister kam die Situation schon etwas zwielichtig vor, aber jetzt mußte er erst mal helfen. Er rief einen Kollegen, und zu zweit zogen sie Kommissar Schneider an den Beinen aus dem Unterholz, um ihn anschließend hinten in den Polizeiwagen zu werfen, dann ging es ab ins Hospital.

Der Morgen schimmerte wie ein blankes Tuch unter der Sonne herbei. Der Sicherheitstrakt lugte verstohlen als Flur, breit und lahmend machte sich der trapezartige Grundriss interessant, in dem sein einziger Insasse hochgestreckt auf der Eisenpritsche frühstückte. Es gab Kakerlake, auf dem Streichholz gegrillt. Er hatte jetzt seit vier Tagen kein Essen mehr reingeschoben bekommen. Was war nur los?

Radieschen schmückten den Teller mit der Fleischwurst. Daneben lag die Schnitte, schon mit Butter drauf. Kommissar Schneider ließ es sich schmecken. Eine Tasse Hagebuttentee dampfte mit Eleganz bis an die Lampe, die über einem kleinen Esstisch angebracht war. Im Krankenhaus war es angenehm zu frühstücken. Sein Zimmernachbar war soeben eingeliefert worden, er war die Treppe heruntergefallen. Sein Gesicht war blaugrün angelaufen und matschig, auf der Stirn eine zehn Zentimeter hohe Beule. Sein Zucker machte ihm zu schaffen. Auch zitterten seine Hände stark, Parkinson. Er schrie die Schwester an, als sie ihm die Pfanne wegzog. Kommissar Schneider guckte auf seine Armbanduhr. Gleich neun, da kommen die Teletubbies, seine Lieblingssendung im Fernsehen. Aufgeregt nestelte er an der Fernbedienung herum, die gleichzeitig Telefon war. Da, da war der Kinderkanal.

Gerade hatten sie mit der Sendung angefangen. Die Figuren hopsten aus ihrem Bunker. Kommissar Schneider verzog sein Gesicht zu einen Grinsen. Er zeigte auf den Fernseher und sprach die einzelnen Passagen mit. Zeit für Tinki winke, winke. Zeit für Tinki, winke, winke usw. Als die Sendung vorbei war, stand er aus seinem Bett auf und machte sich schnell fertig, um zu gehen. Ein Hustenanfall von gigantischer Wucht riß den neu angekommenen Patienten auf den Fußboden. Als die Ärzte kamen, war nur noch der Tod festzustellen.

Kommissar Schneider ging, drehte sich aber noch mal um und sagte zu dem gerade Gestorbenen: »Zeit für Herrn Daters (so hieß er) winke, winke. Zeit für Herrn Daters winke, winke.« Dann flogen seine Füße über den langen Flur. Er sah den Ausgang gar nicht, wo war denn der? Seine Brille verriet es ihm zuletzt. Verdammte Augen! Wo waren sie geblieben, die letzten Jahre!

Wasser drang von unten in die Zelle. Er hatte Angst. Hockte auf der Pritsche und verfluchte den Tag seiner Geburt. Wenn das Wasser steigt, ist er bald in einer ziemlichen Zwangslage. Was war denn da los? Tagelang kam keiner, dann hörte er ein Schweißgerät ein paar Räume weiter und Schreie, jetzt fluteten sie anscheinend das Gebäude. Verdammt! Er muß hier raus!

»Hang sei no tjung deng ntaj abang.« Er war Chinese. Seine rechte Hand war ab. Einfach abgehackt hatten sie ihm die Hand, als er ein kleiner Junge war, weil er der Lehrerin untern Rock gepackt hatte. Seitdem hatte er eine gestörte Beziehung zu dem anderen Geschlecht. Es mußte jetzt schnell was passieren! Das Wasser schwappte gerade mit einem feinen Geräusch über die Kante der Pritsche. Er bekam einen nassen Hintern.

Ping, machte der Mikrowellenherd, und die kleine Drehscheibe darin beförderte einen leckeren Hawaii-Toast um sich selbst. Kommissar Schneider öffnete das Türchen und nahm mit spitzen Fingern den Teller heraus. Dann setzte er sich an den Küchentisch. Eine Zeitschrift versprach dem Leser ein Wochenende zu zweit in Venedig. Dafür mußte man irgendein Kreuzworträtsel lösen und einen Begriff aufschreiben und dann abschicken dahin. Kommissar Schneider fragte sich, wieviel Geld die Bundespost wohl an solchen Aktionen verdienen würde. Sicherlich Millionen. Das kleine Kofferradio gluckste die Nachrichten aus dem winzigen Speaker, der durch ein Stückchen Stoff verdeckt war. Zwölf Uhr. Die Mittagsnachrichten. Der Sprecher gab die Leitung ab an einen Korrespondenten, eine Liveschaltung in ein Gebiet, das gerade überschwemmt wurde von einer unterirdischen, zu spät erkannten neuen Quelle. Das war ja interessant! Auf diesem Gebiet befand sich doch das Hochsicherheitsgefängnis, das seit Jahren nur noch als Getreidesilo benutzt worden war, jetzt aber vollends leer stand. Es war weiträumig abgesperrt, Kommissar Schneider war mal dagewesen, vor Jahren, besser gesagt, Jahrzehnten, um einen seiner Schützlinge zu besuchen, ihm eine Aussage vom geschlossenen Mund abzugewinnen. Die ganze Gegend wurde gerade evakuiert, und der Korrespondent stand mitten in dem aufgewühlten Wasser auf einem Schlauchboot und erzählte, daß die Leute nicht mehr einkaufen konnten hier.

Als der Frager dann auf das Gefängnis zu sprechen kam, konnte der Korrespondent lediglich zu erkennen geben, daß jemand angeblich einen gesehen hätte, der ihm gesagt hat, daß er Husten gehört hätte, direkt aus dem Mittelteil des Gefängnisses, schon letzte Woche, und daß wohl doch noch eine Art Täter oder so sich darin in Gefangenschaft befände. Kommissar Schneider horchte auf! Das Gefängnis war ein Spezialgefängnis, wo nur Leute reinkamen, die von der amtierenden Weltpolizei, wie er die Amerikaner nannte,

23

hier reingesteckt wurden, manchmal wegen völlig undurch-
sichtigen Geschichten, Vergehen, die mehr als an den Haaren herbeigezogen waren!

Der Kommissar ging jetzt essen. In einem Spezialitäten-
restaurant. Bah! Schmeckte das scheiße. Sein Toast war nämlich nicht genug gewesen für den ausgehungerten Krimina-
listen, diese Sahnesoßen immer in diesen Restaurants! Kann
man da nicht mal was gegen unternehmen? Er hatte Sod-
brennen, als er die Straße zum Kai hinunterging. Lange war
er nicht mehr bei den Schiffen gewesen. Immer, wenn er dieses Fernweh hatte, ging er zu den Schiffen. Die Nacht legte
sich dunkel mit ihrem Maxirock über die Stadt. Der Mond
beschrieb eine ausgehungerte Sichel. Der Kommissar sah
ihn an, als wolle er sagen: »Wir beide, beide ausgehungert!«
Das, was eben im Radio Thema war, hatte den Kommissar
Schneider irgendwie beunruhigt. Es ist schon merkwürdig, in
letzter Zeit hatte sich dieses Wetterphänomen El Ninjo, so
genannt wegen dem mexikanischen Jesuskind, auf der ganzen Welt gezeigt.
Das Wetter war dem Kommissar eigentlich immer egal
gewesen, weil er ja immer die richtigen Sachen hat zum
Anziehen, zum Beispiel dicke Bergstiefel für eisige Kälte und
lange Fußmärsche auf unebenem Boden. Und im heißen
Sommer trug er ja gerne kurze Hose, Kniestrümpfe und San-
dalen, wie früher die Schulkinder. Heute tragen sie ja, was
sie wollen. Die Eltern haben nichts mehr zu melden. Nur
bezahlen, das können sie, so sah es der Kommissar. Die
kleine Kapelle unten am Hafen war menschenleer. Keiner
kam hierhin, höchstens mal ein Tourist, der sich verirrt hatte.

Der Kommissar stieß die alte Holztür auf, es knarrte. Drinnen hustete er leicht, es hallte ein wenig. Er ging nach ganz vorne und betete unter der Madonna. Er war nicht katholisch, doch hatte er es mal in einem Film gesehen. Er betete, daß seine Frau, wenn sie zurückkommt aus dem Urlaub, eine bessere Figur hätte und sich im Haushalt mehr einbrächte, und vor allem, daß sie nett zu ihm wäre. Das heißt, seine Befehle befolgen, Amen. Er drehte sich um und wollte herausgehen, da sah er eine ausgebrannte Kippe auf der Erde liegen. Er bückte sich, holte eine Pinzette aus der Tasche und hob die Zigarette oder das, was davon erhalten geblieben war, auf. Schaute sie sich an, indem er sie von allen Seiten betrachtete. Man kann nie wissen! Eine Plastiktüte war auch zur Hand, er nahm die Kippe mit. Er schaute auf die Uhr, als er aus der kleinen Kapelle heraustrat, es war jetzt 21 Uhr und 30. Im Hintergrund lag die »Tantalos vaginatius«, ein Bananenfrachter aus Peru, mit liberianischer Flagge. Hatte er nicht sich schnell entfernende Schritte gehört?

Der Stall stank bestialisch nach Urin. Die Tiere darin hatten kaum Platz. Doch hier war er erst mal sicher, so schien es. Er schmiegte sich frierend an das Tier. Es lag auf dem Boden. Die anderen Tiere standen teilweise und schnaubten, denn es war kalt. Feuchtigkeit drang ohne Probleme ein. Die Kühe stießen dicke Nebelschwaden aus. »Muh«. Etwas abseits stand der Bulle, mit einem Ring durch die Nase. Er guckte zornig mit blutunterlaufenen Augen zu dem Eindringling, doch war er angebunden, so konnte er nichts ausrichten.

25

Er hatte großen Hunger, gleich würde er mit bloßen Händen eines der Tiere schlachten und verspeisen. Roh. Er entschied sich für die Kuh neben sich. Er stieß lautlos mit seiner Kralle zu. Die Eingeweide der Kuh kamen ihm entgegen. Sie starb, es dauerte nicht lang. Nach einer Weile konnte man ihn sehen, wie er mit seiner messerscharfen Kralle sich Stücke aus den Lenden der Kuh herausriß und verzehrte, so hatte er es gelernt in seiner Spezialisten-Ausbildung. Er schmatzte. Leise. Verhohlen. Dann war er satt, und müde. Er schlief ein. Die Kuh war nicht aufgegessen. Die Reste lagen verstreut im Stall. Doch die anderen Tiere scherte es der Teufel.

Keuchender Atem trieb hoch, das Deck war von Menschen bevölkert, dunkle Gestalten mit langen Wintermänteln, einer hatte eine Aktentasche bei, der Käptn kam gerade die Treppe vom Steuerhaus runter, ein paar Schritte und nun stand er bei den Leuten. Er raunte ihnen ein paar Sätze zu, die der Kommissar Schneider nicht verstehen konnte. Er hatte sich hinter einem zusammengerollten Seil klein niedergekauert, seine Spezialität. Sternenlose Nacht. Der Dampf der Dieselmotoren roch ekelhaft und aufregend zugleich. Wann hatte er diesen Geruch zuletzt wahrgenommen? Es mußte vor Jahrzehnten gewesen sein, vielleicht auch nur im Vorübergehen, vielleicht eine dieser nun nicht mehr zu sehenden Dieselloks. Oder ein U-Boot? Kommissar Schneider wußte es nicht mehr. Auch wußte er jetzt nicht mehr genau, wie er auf das Schiff gekommen war, sein Instinkt hatte ihn hierhergeleitet, über das Wasser des Hafenbekkens. War er etwa geschwommen? Er schaute an sich herab, er war durchnässt. Aber es hatte gerade auch noch stark geregnet. Ihm fiel eine Melodie ein, Summertime, von Gershwin, interpretiert von Ella Fitzgerald und Louis Armstrong. Doch die Wirklichkeit holte ihn ein in Form eines faustgroßen Blitzes vor seinem Auge. Eine Gewehrkugel, direkt neben ihm abgefeuert! Er duckte sich noch mehr in die Seile. Lugte in die Richtung, wo der Schuß herkam, da stand einer und hielt sein Gewehr hoch. Noch ein Schuß, wohl eine Art Zeichen. Die Männer auf Deck wurden unruhig, der Käptn sprach ein paar kurze Worte und verschwand wieder auf der Brücke. Der Mann mit dem Gewehr verschwand wieder. Kommissar Schneider konnte sich auf all das keinen Reim machen. Was soll das? Die Männer an Deck tauschten ein paar Fetzen von Gesprächen untereinander aus und verließen dann das Schiff. Dann ertönte ein langes Horn. Wollte der Kahn ablegen? Kommissar Schneider mußte sich beeilen, wenn er noch an Land wollte. Und zum Glück schaffte er es rechtzeitig, denn eine Fahrt auf einem Schiff, dazu hatte er zur Zeit keine besondere Lust. Er wollte schnell nach Hause, er hatte wieder Hunger.

An Land überlegte er, wie er denn jetzt wieder vom Schiff runtergekommen war. Wahrscheinlich mit demselben Boot, mit dem er hingefahren war. Hatte er Gedächtnislücken? Auch fiel ihm ein merkwürdiger Geruch auf. Als er dem Schiff nachschaute, schien es ihm, es würde hochlodernd brennen. Er stieg in sein Auto und rutschte mit dem Fuß durch den Wagenboden durch und blieb im Asphalt stekken. Der Sitz wurde eine breiige Masse, und der Himmel

27

verengte sich, immer mehr, und dann sah er durch den vorderen Teil eines Kugelschreibers, wie jemand mit dem Finger das brennende Schiff ausdrückte. Pffft, machte es. Der Kommissar Schneider wollte aufstehen, doch eine bleierne Weste hinderte ihn daran. Er wuchs mit dem Asphalt fest, immer mehr Autos, auch Lkws fuhren über die Stelle, wo er lag, so lange, bis es nur noch ein Hauch von einer Erhebung war. Der Kommissar Schneider dachte, wie es wohl wäre, sich sein Leben lang an dieser Stelle aufzuhalten, in dieser Haltung, und alle brausen über ihn hinweg. Er kicherte vor sich hin. Die Suppe in dem Spezialitätenrestaurant hatte ihn high gemacht, was war denn da drin gewesen? Langsam begriff er, das Schiff, der Hafen und alles, das existierte nicht richtig, aber er war doch zum Hafen gegangen, oder? Er wußte es nicht mehr. Was war nur los mit ihm?

Da stand er am Kai und schaute auf die »Tantalos vaginatius«. Ruhig lag sie in einer leichten Brise, nichts Außergewöhnliches festzustellen. Er schaute nach rechts, ja, da war die Kapelle. Dann das Schiff, da lag es. Merkwürdig. Kommissar Schneider schaute auf die Uhr. Seitdem er die kleine Kapelle verlassen hatte, waren nur ein paar Minuten vergangen. Entweder, man hatte ihm die Uhr verstellt, oder es stimmte gar nicht, daß er auf dem Schiff gewesen war. Verdammt, jetzt roch er noch mal, es mußte das Weihwasser sein! Schnellen Schrittes ging er erneut in die Kapelle, doch als er nach dem Weihwasser suchte, fand er nichts. Gar nichts.

Ein Hund bellte. Kommissar Schneiders Schritte waren nicht zu überhören, die kleine Gasse, durch die er ging, war wie eine akustische Einrichtung, eine Art Echoraum. Der Hund bellte noch lauter. Jemand rief ihn an, er solle die Schnauze halten. »Halt deine Schnauze, Scheißköter!« schallte es aus der vierten Etage, und ein Fenster wurde zugeworfen. Da kam der Hund wie ein Schatten auf Kommissar Schneider zugelaufen. Er wurde immer größer. Kommissar Schneider aber ging durch ihn hindurch. Wieso? Der Hund war unverletzt, Kommissar Schneider auch, beide guckten sich nicht einmal hinterher. Keiner wußte von der Existenz des anderen. Eine Frau mit einem Putzeimer überquerte die Gasse. Kommissar Schneider trat in den Eimer, die Frau guckte ihn noch nicht einmal an dafür, sie leerte den Eimer aus, indem sie den Inhalt Kommissar Schneider von hinten an die Hose schmiß.

Kommissar Schneider wußte aber nichts davon, denn all diese Ereignisse fanden in verschiedenen Zeiten statt, sozusagen. Andere Dimensionen! Irgend etwas mußte sich ereignet haben, was dieses Phänomen ausgelöst hatte! Doch das einzige, was Kommissar Schneider davon mitbekommen konnte, war genau der Punkt, an dem es passiert ist. Zufällig passierte es nämlich, während er in der Kapelle war. Und was er danach erlebte, war nicht er allein, nein, er hatte kurzzeitig durch die bei solch einer Dimensionsverschiebung vorkommenden Übereinstimmungen von Orten und Gedanken eine Art Déjà-vu, allerdings in einer nicht persönlichen Form, sondern er hatte kurzzeitig die Gedanken eines anderen, vor langer Zeit oder aber in der Zukunft, das weiß man nicht genau, vorkommenden Menschen mitgedacht! Dann kam er aufgrund seiner Intelligenz ein wenig ins Trudeln, so, als hätte er Drogen genommen, danach aber speicherte er diese Dimensionsverschiebung total ab, ja, er

29

verdrängte erfolgreich diese Tatsache, so daß er durch den Hund hindurchgehen konnte, es auch wußte, es jedoch sofort unter der Rubrik »Dimensionsverschiebung, meine Herren« abhaken konnte und somit at once vergessen. Aber richtig vergessen. Es wird nie mehr aufbrechen, diese und die etwaigen darauf folgenden Erlebnisse, wo ein normaler Mensch ja, wie wir wissen, total ausflippt und gar nicht mehr weiß, ob vor oder zurück! Und das Verrückte: Es gab direkt mehrere Dimensionen, die von nun an in Kommissar Schneiders Leben vorkommen sollten. Allerdings wird er nicht viel davon mitbekommen, jedoch wir, die Leser, denn ich werde es beschreiben.

Schwer legte sich der Atem der untergehenden Sonne auf das Haupt des rastlosen Läufers. Windstille und das hohe Gras. Jeder Schritt, jeder Tritt eine Qual. Barfuß, zerschunden. Arme schaukeln vor sich her. Schweiß rennt die Wangen herunter, durchs Hemd, aufgeschnitten. Und weiter, weiter, nur entrinnen. Heiß, Sommersonne sengt. Kein Vogel, Knirschen des Fußes auf trockenem Gras, dann ein Kornfeld. Hohes Korn. Gerste. Weizen. Roggen. Es riecht wunderbar. Trocken. Erde. Weiter, weiter. Japsen nach Luft. Der Läufer schaut sich um, gehetzt. Nichts zu sehen, danke. Weiter. Da vorne, eine Stadt. Was nun? Brennende Schlote der Fabriken. Ein Fluß, überqueren ausgeschlossen. Am Ufer lang. Weiter ...

30

Der Kommissar sitzt zu Hause in seinem Sessel und liest die Tageszeitung. Dabei raucht er eine Zigarre. Das ist jetzt modern. Alle rauchen Zigarre, sogar die Politiker wieder. Wie früher. Er schmunzelt. Es geht ihm gut. Seine Frau hat ihn angerufen, sie hat ihren Ausweis verloren und auch ihre Schlüssel und auch die Kontokarte, oder sie hat alles verlegt irgendwie, ja, das ist doch immer so, sie verlegt alles. Sie ist zwar noch nicht so alt, aber sie ist sehr vergeßlich. Ihre Tochter ist genauso, sie hat auch immer alles wegverlegt, verloren, aus Versehen weggeschmissen. Nur er, der Herr Kommissar Schneider selber, ist immer auf Draht und weiß, wo alles ist. Sein Schlüssel ist immer in seiner Hosentasche, egal, ob er schläft, schwimmt, Auto fährt oder sich in der Sonnenliege fläzt. Mein Gott, ist das denn soo schwer? Muß man alles so liederlich behandeln? Diese Frauen zerstören sich ja ihr ganzes Leben! Und morgens, im Badezimmer! Die ruinieren sich ihr Leben! Eine Stunde sich zu waschen! Oder Haare waschen! So was Bescheuertes! Friseur! Kommissar Schneider bekommt einen Ausfall. Aber nur innen in sich drin, äußerlich ist er ruhig und gefaßt. Er schläft heute nacht vor der Glotze ein.

Ein Kratzen an seiner Haustüre weckt ihn um circa drei Uhr. Kommissar Schneider fährt hoch und wirft sich hinter die Couch. Scheiße, keine Waffe dabei! Was, wenn ihn jemand umbringen will? Da! Erneutes Gekratze! So als wenn einer mit etwas Eisernem an der Tür schabt, will da jemand rein? Eine Kralle aus Eisen verschafft sich von außen den Weg nach innen, durch Kommissar Schneiders Tür.

Langsam hebelt der Fremde die Tür aus und steigt ein. Niemand hat ihn kommen sehen. Er schaut sich fragend um.

31

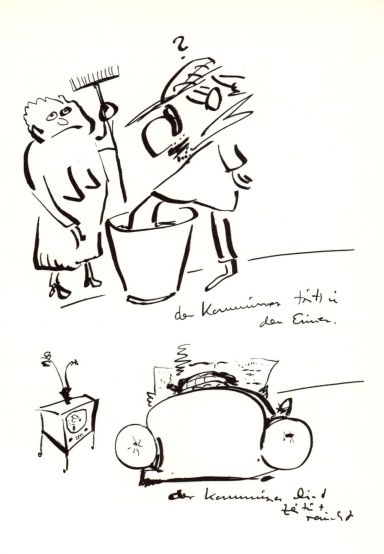

Was wohnt denn hier für ein geschmackloser Mensch? Da entdeckt er das in der Küche noch brennende Licht und Bratenduft von gestern abend. Schnell haut er sich die Reste von Kommissar Schneiders Abendmahl rein und haut wieder ab. Kommissar Schneider kommt hinter der Couch hervor. In der Küche ist nichts kaputt oder so, nur die Haustür hat eine riesige Wunde. »Ja, ist denn der bescheuert?« Kommissar Schneider hat so was noch nicht erlebt. Dies ist nicht in einer anderen Dimension passiert, denn die Haustür ist wirklich kaputt. Der Kommissar rennt ein Stück hinter dem Unbekannten her, immer in Deckung, um nicht von ihm gesehen zu werden. Es ist kalt. Fröstelnd gibt er nach wenigen Metern auf und kehrt um. Soll die Versicherung doch den Scheiß bezahlen. Ist ja teuer genug, die Allianz.

»Geben Sie ihm doch die gewünschte Postkarte, merken Sie denn nicht, er meint es ernst, verdammt noch mal!« Angst schrie aus seinen Augen, er zeterte um sein Leben. Die Frau an der Kasse gab schließlich dem Mann die gewünschte Karte, dann erst ließ der kräftige Fremde mit der hakenförmigen Eisenhand sein Opfer los. Und rannte weg. Der Mann keuchte mit engem Hals und sank in die Knie. Was für ein Erlebnis für diesen Unbescholtenen. Demütig schaute er zur Erde und dann zur Kassiererin hinauf. »Er hätte zugedrückt!«

Die Big Band der Feuerwehr spielte. Viel los war nicht auf dem Vorplatz des Rathauses. Kommissar Schneider stand inmitten von Leuten und sang mit. Freies Singen. Eine Veranstaltung der hiesigen City-Werbegemeinschaft. Immer an jedem ersten Mittwoch im ungeraden Monat. Der Typ neben ihm sang Bass, so auch Kommissar Schneider. Zusammen waren sie eine eingeschworene Stimme. Tief und laut. Magnifikat, eine Komposition von Johann Sebastian Bach. Kommissar Schneiders Lieblingslied. Da konnte er so richtig loslegen. Und die Melodielinien fand er echt stark. So soll Musik sein, das sagte er sich immer. Und nicht diese affige Dudelei von Leuten wie David Bowie oder Vico Torriani. Diese beiden verwechselte er sogar immer. Klingt doch alles gleich. Jetzt kam ein Kanon, Bruder Jakob. Toll. Es machte richtig Spaß, mit Gleichgesinnten zu singen. Er war ja allein zu Hause. Er schaukelte von einem Bein auf das andere. Kalt. Heute war kalt. Gestern total warm, heute kalt. Das geht in die Knochen. Und feucht. Feucht war es. Eine Dunstglocke hing über der Stadt.

Er sah die Gruppe von schwerbewaffneten Reitern nicht, die durch das Rathaus donnerte, mit schnellem Galopp, verfolgt von einer etwas größeren Gruppe Soldaten aus dem 14. Jahrhundert.

»Eine feste Burg ist unser Gott« drang durch die Altstadt. Nach dem Singen ging Kommissar Schneider wieder zum Krankenhaus, das Übliche, Magenspiegelung mit anschließend etwas Essbarem bekommen. Als er so durch den Park ging und die vom Herbstwind herabgewehten Blätter mit dem Fuße durchstöberte, stieß sein Fuß gegen etwas Hartes. Er hielt sofort an und bückte sich. Auf dem Boden lag eine eiserne Kralle, so etwa groß wie eine Männerhand! Er hob sie hoch und hielt sie sich an den Arm, nicht ohne einen Anflug von Lächeln zu unterdrücken. Was war denn das? Gestern der Kerl in seiner Bude, mit dem Hunger, und heute? Hier auf dem Nachhauseweg diese Kralle! Das ging doch nicht mit rechten Dingen zu.

Auf jeden Fall nahm er sie mit nach Hause. Dort wollte er sie untersuchen, auf Spuren. Eine Ausrüstung hatte er für diese Zwecke, als er in Rente ging, einfach mitgenommen. Auf dem Weg war ein italienisches Eiscafé, dort machte der Kommissar eine Pause und bestellte sich Eis, Aprikose, Banane, Erdbeer. Da saß er nun mit dieser »Todeskralle«, wie er das Ding jetzt nennen wollte. Und betrachtete sie von allen Seiten. Eine gute Arbeit. Sicher Schweden-Stahl. Er kannte die Schweden und ihre Art, Motorradlenker zu schmieden, etwas davon hatte diese Kralle. Oben in der Ecke des Eiscafés war der Fernseher an. Nachrichten. . . . hat sich ereignet. Unglück . . . mehrere Staus . . . Guten Abend, meine Damen und Herren . . . hier spricht Korrespondent Elmar Farres aus . . . krrr . . . krrrr . . . Und Schnee war nur noch auf dem Fernseher zu sehen. Jemand versuchte vergeblich, die Antenne einzustellen. Der Wirt kam und zog einfach den Stecker raus. Die paar Leute im Eiscafé waren desinteressiert. Doch Kommissar Schneider hatte irgend etwas zwischen den Fernsehbildern entdeckt, so schien es. Er bezahlte, so schnell er konnte, und wetzte ab in Richtung nach Hause. Mit fliegendem Atem sprang er förmlich in seine Bude und verschloß aufwendig die Haustür hinter sich. Dann ging er in die Garage und sah nach seinem Auto. Der Sportwagen war lange nicht mehr bewegt worden. Wie

35

eine Sphinx hockte er in voller Länge auf dem Estrich, und seine Schlupfaugen waren beide geschlossen. Kommissar Schneider legte die Kralle vorsichtig in den Kofferraum, nachdem er ihn geöffnet hatte, und wollte nur schnell noch ein paar Sachen zusammenpacken, denn er wollte ein paar Tage verschwinden. Seiner Frau schrieb er einen Zettel, falls sie zurückkommt, könne sie ihn ja dann lesen. Mit krakeliger, aber sehr aufgeräumter Schrift standen Zeilen wie »... hab dich lieb ... muß weg ... komme bald wieder ...« und so weiter auf dem Zettel, eine umgedrehte Tankrechnung, dann, sein kleiner Koffer hing an seinem Handgelenk, bestieg er den achtzylindrigen Sportwagen, und mit seiner Fernbedienung ging das Tor auf, Rückwärtsgang und weg. Ein Quietschen kündigte den Nachbarn das Sichentfernen des Kommissars an. Er hockte hinter dem Volant und hielt dieses selten benutzte Lenkrad fest mit beiden Händen umklammert. Der Automatikwagen heulte durch die Gänge. Schnell war er auf der Autobahn, es war nachts und kaum noch Leute unterwegs. Seine Richtung? Süden.

Kleine Hilfe für den Leser:
Der Spürsinn von Kommissar Schneider ist weltberühmt, und so kam es, daß er, ohne den Einbrecher gestern gesehen zu haben, eine Parallelität mit der eisernen Kralle sehen konnte. Er hatte sich ja hinters Sofa geschmissen und konnte gar nichts sehen!

Der Fremde wurde wach. In einem Gebüsch hatte er gelegen. Die ganze Nacht. Die Eisenbahnlinie hinter sich. Als der Schnellzug morgens vorbeisauste, hatte er es noch nicht einmal bemerkt. Sein Schädel war geschwollen, so fühlte er sich auf jeden Fall an. Jemand hatte ihn von hinten zusammengeschlagen, es müssen sogar mehrere gewesen sein. Mit einem Gegenstand wurde ihm mehrmals auf den Kopf gehauen. Jetzt war das Blut an seinen Schläfen getrocknet. Feine, haarfeine Risse zogen sich quer durch seine Stirn, seine Schädelkalotte war nicht mehr fest. Irgendwie schwante ihm, daß er sehr vorsichtig sich bewegen müsse fortan. Sein Arm war leer. Wo war seine eiserne Kralle? Erschreckt mußte er feststellen, daß sie nicht mehr an ihrem Platz war, am Ende des Armes. Sein anderer Arm war in Ordnung. Er schäumte vor Wut. Wer hatte denn mit solch einer Behelfshand was anfangen können, wenn nicht vielleicht spielende Kinder oder so? Gesenkten Hauptes stapfte er durch das Dickicht an den Eisenbahngleisen entlang, immer weiter. Ein kleiner Tümpel mußte durchquert werden, weil zu beiden Seiten hohe Mauern zwei Bahntrassen trugen. Das Bahnwärterhäuschen. Da konnte er Unterschlupf finden. Niemand da. Tür nicht verschlossen. War der Bahnwärter nur eben weggegangen? Egal, rein da. Drinnen lag eine Zeitung auf dem Tisch. Der Fremde blätterte sie durch, hastig, in der Hoffnung, ein Foto oder so was darin zu finden, er wußte gar nicht, wie rum er die Scheißzeitung halten sollte, da er die Sprache nicht verstand und erst recht nicht lesen konnte. Verächtlich warf er sie in die Ecke, nahm sich das halbverzehrte Butterbrot vom Tisch und trank einen

37

Schluck Kaffee aus der Thermoskanne, als er schon Geräusche des zurückkehrenden Bahnwärters hörte. Zu spät, um abzuhauen! Der Bahnwärter betrat den Raum und wurde sofort, ohne daß er überhaupt noch einen Schrei hätte ausstoßen können, von dem hünenhaften Fremden in zwei Teile gerissen. Linkes Bein, rechtes Bein, und zack: baumelten die beiden Hälften in Arm und Hand des Riesen. Was nun? Auf jeden Fall erst mal Ruhe. Der Fremde hatte jetzt ein schlechtes Gewissen, weil er den Bahnwärter ja noch nicht einmal kannte, und vielleicht hatte er ja Familie, und sie würden sich um ihn sorgen. Aber seine Spezialausbildung ließ solche Fragen eigentlich nicht zu. Also setzte er sich hin und betrachtete die Postkarte, die er neulich ergattert hatte. Eine Ansichtskarte von Singapur, schön bunt. Er bekam Heimweh und fing plötzlich an zu heulen wie ein Schloßhund. »Mama«... und auch »Papa« war aus seinem Mund zu hören. Bitterliches Weinen. Ach, es ging ihm nicht sehr gut, von wegen auch die lange Zeit im Knast. Ob man ihn suchte? Hatten sie überhaupt etwas bemerkt von seiner Flucht? Das Wasser war doch überall. Seine Klamotten, die er in der Zelle über die Jahre in Schuß gehalten hatte, sie waren alle zerstört. Pullover, Cordhose, Schuhe, nichts war mehr zu gebrauchen. Er hatte sich als erstes eingekleidet, nachts, war in ein Kaufhaus eingedrungen, jetzt trug er bunte Hemdchen und Halbschuhe aus Goretex. Dazu eine Baggy. Was immer das auch heißt, dachte er bei sich, als er sie anprobierte, sie war irre weit und labberig, die Taschen aber waren riesig, so konnte er viel einstecken. In seinem Leben hatte er schon viel einstecken müssen, da kam es darauf jetzt auch nicht mehr an. Der Tag ging schon wieder zu Ende, es war November, um fünf Uhr wurde es schon dunkel.

Das Haarteil des Kommissars lag neben der Matratze. Schatten gingen auf und nieder. Sie stöhnte, professionell. Kommissar Schneider fickte. Er hatte sich in Süddeutschland in einem Puff für zwei Tage eingemietet. Seine Frau dürfte so etwas niemals erfahren! Das machte ihn fertig. Er würde ihr doch so gerne erzählen, wie toll es im Puff ist! Und die Getränke sind gar nicht teuer! Die Damen wären auch gebildet, man könne sich mit ihnen über vielerlei unterhalten, und überhaupt, das ist ja gar nicht so mit dem Sex. Deshalb geht man ja nicht dahin, sondern wegen Gesprächen, man muß doch auch andere Menschen kennenlernen. Sie würde es nie verstehen. Jetzt kam eine zweite Frau hinzu und setzte sich auf den Bettrand, nahm ein Buch und las vor. Das machte den Kommissar zufrieden. Er ließ von der einen ab und ward ganz Ohr. Die eine setzte sich brav hin, und nun war Lesestunde. Eine dritte Frau kam herein und brachte Getränke, Pfefferminztee für den Kommissar Schneider und für die anderen Damen nichts, sie sollen bei der Arbeit nicht trinken, nur so tun. Also, sie hatten zwar Getränke, aber ohne Inhalt. Die Gläser waren voll. Aber nichts war drin. Ein Reh verirrte sich plötzlich auf den Teppich und äste trotzdem weiter, als wäre nichts. Es war ein Kitz. Seine Mutter spitzte in einiger Entfernung die Ohren, ein Hirschgeröhre drang durch die Stadt. Der urwaldartige Wald im und um das Zimmer, worin sich Kommissar Schneider und die drei Damen

39

befanden, war auf einmal wieder weg. Doch die vier hatten nichts davon bemerkt.

Rattattatta, rattattatta, das Rattern der Maschinen war nicht überhörbar. Die Zeitungen wurden hier noch mit herkömmlichen Methoden gedruckt. Eine Walze beförderte das Endprodukt direkt in die Hände des Zeitungsverlegers. Er las sofort drauflos. Seine Pfeife schmauchte still vor sich hin. Er leckte sich ab und an die Lippen, zaghaft, klein. »Fräulein Wespe, nehmen Sie sich auch ein Blatt, schauen Sie, hier, der Sportteil. Lesen Sie Korrektur.« Eine Frau kam hinzu und las auch. Beide waren sehr aufmerksam mit der Lektüre der frischen Geschichtchen beschäftigt, so bekamen sie von dem, was sich in den hinteren Räumen jetzt abspielte, zum Glück nichts mit. Das Mittagessen wäre ihnen hochgekommen.

Die Sonne stand, beziehungsweise lag über den Baumwipfeln und Häusern der Stadt, es war Mittag und November. Kalt. Atem stieg aus den Mäulern der Millionen hoch. Die U-Bahn entleerte sich fünfminütlich wie der Darm einer Kuh. Platsch, platsch machte es, und die Leute wurden förmlich aus den Waggons herausgekackt. Es qualmte sogar wegen der Temperaturunterschiede. Der Fremde hatte sich seinen Arm provisorisch mit einer in einem Karnevalsgeschäft gekauften Plastik-Erschreck-Hand verlängert. Er konnte sie sich kaufen, weil er jetzt Geld hatte. In der Zeitungsdruckerei

hatte er heute morgen ein Blutbad angerichtet, weil die ihm
keine Blüten drucken wollten, also hatte er selbst die Scheine
gezaubert, mit den dort rumstehenden Maschinen. Als Rot
hatte er Menschenblut genommen, einfach von den Leuten,
die da arbeiteten, rausgepreßt. Er nahm den Hals eines
Lehrlings und quetschte mit bloßen Händen soviel Blut, wie
er für die 50-Euro-Scheine brauchte, aus seinen Adern.
Bah! Abscheulich. Auch er fand das ja scheiße, weil er nämlich ein guter Mensch war, wie er fand, nur wurde er, wegen
seiner aufgezwungenen Art, sich zu verstecken vor den
Menschen, die ihn an die Kandare nehmen wollten und wieder einsperren wollten, eben mißverstanden. Er meinte es
gut! Er hatte nämlich eine tolle Erfindung gemacht! Da
mußte er über Leichen gehen, wenn er diese Erfindung
berühmt machen wollte!

Nobody knows the trouble I've seen, nobody knows, but
Jesus ... Louis Armstrongs Stimme setzte sich wie mikrofei-
ner Nieselregen auf die Schulterbehaarung Kommissar
Schneiders ab, er saß in der Badewanne und las Freundin.
Darin stand ein Artikel, der darüber berichtete, wie Frauen
ihre Männer betrügen. Das ist ja ungeheuerlich! Der Kommissar Schneider fraß die Zeitung förmlich auf, er blätterte
wie ein Besessener die Artikel durch und verstand immer
mehr, warum seine Frau so ist, wie er sie sich vorstellte:
durchtrieben, eigennützig, gemein, zu dick, und vor allen
Dingen betrügerisch! Er schlug die Zeitung zusammen und
schmiß sie über den Beckenrand. Seine Füße waren schon

41

verschrumpelt. Er nahm den Bimsstein und schrubbte sich, so gut es ging, den Rücken. Louis Armstrong drehte sich derweilen weiter auf dem Plattenteller. Es schellte. Kommissar Schneider hatte keine Lust. Auch nachdem der oder die Besucher/in auf keinen Fall aufgeben wollte, ließ der Kommissar sich nicht herab, aufzustehen und ein Handtuch zu nehmen und zur Tür zu stolzieren. Aber genau das war es dann doch, was er tat. Draußen stand der Briefträger. »Herr Kommissar, ein Paket!« Der Kommissar nahm es ungelenk an, klemmte dabei das Handtuch weiter unter dem Arm fest. »Sie müssen unterschreiben!« Der Briefträger steckte ihm den Kugelschreiber in die Hand. Kommissar Schneider unterschrieb lautlos, heiser verabschiedete er sich von dem glänzend gelaunten Postangestellten. Der hüpfte fröhlich weiter. Am Wochenende hatte er viel mehr zu tun wie sonst, da muß er sich bei Laune halten. Kommissar Schneider nahm das Paket mit ins Wohnzimmer. Dann dachte er kurz, es zu öffnen, aber aus Sicherheitsgründen zog er es vor, das Paket erst einmal im Garten auf die Erde zu schmeißen, ob vielleicht eine Bombe drin war. Er warf das Paket sogar aus dem ersten Stock, ging extra dafür die Wendeltreppe hoch, die er damals dummerweise selbst angelegt hatte, ein Bausatz. Über eine normal geformte Treppe könnte er viel bequemer einige sperrige Sachen hochtransportieren. Große Schränke oder gar ein Klavier ging gar nicht. Na ja, egal. Das Paket explodierte nicht. Es war auch keine Bombe drin. Jedoch Original-Meißnerporzellan. Davon war natürlich jetzt nur noch ein Kontingent von klitzekleinen Scherben und Scherbchen übrig, stellenweise gab es auch Porzellanstaub. Hätte er erst auf den Absender geguckt! »Summertime« schall aus den Lautsprechern, als der Kommissar den ganzen Kladderadatsch in die Aschentonne brachte. Seine Frau hatte ihm eine Freude machen wollen, aus Ingolstadt hatte sie ihm dieses sündhafte teure Service geschickt, sie hatte es in einem Auktionshaus ergattern können. Die Vögel zwitscherten noch, der November war dieses Jahr außergewöhnlich warm gewesen. Merkwürdig. Hatte das Klima sich im Laufe nur eines Jahres so wandeln können? War der Äquator verrutscht? Diese Frage hielt Kommissar Schneider den ganzen Abend zum Denken an. War da nicht eben draußen ein Papagei vorbeigeflogen? Was Kommissar Schneider nicht bemerkte: Auf dem Teppich und im Garten hatte sich eine riesige Eisschicht breitgemacht. Wenn er doch nur einmal auf den Boden gesehen hätte! Dann hätte er auf keinen Fall folgendes sehen können: eine Mammutspur!

Die eiserne Kralle lag allein im Schrank des Kommissar Schneider. Es mußte so ungefähr zwei, drei Uhr nachts sein. Da, plötzlich kam Leben in die Kunsthand. Erst einer, dann der andere Finger krallten sich genervt zusammen, und der Daumen beschrieb ein U. Wie eine Hühnerhand, wenn sich seine Besitzerin auf einen Ast setzt, so zog sich die eiserne Kralle zusammen. Hatte sie Schmerzen? Das konnte man nur ahnen. Die Uhr schlug zwei Uhr dreißig. Ein dumpfer, harter Schlag. Der Kommissar wälzte sich im Bett herum. Aber wurde nicht wach.
Ein Schatten tastete sich durch den Raum. Ein Ritter zog ein Pferd hinter sich her, er war schwer bewaffnet, Schwert, Morgenstern, und hatte ein Schild. Er selber war ganz und gar in

43

Ketten gekleidet. Auch das Pferd hatte eine Decke aus Kette. In der Küche saß ein Maler an einer Staffelei. »Hey! Du da! Nimm dir eine Sense und stell dich dazu, Unglücklicher!« befahl er einem Rumstehenden. Der stellte sich zu dem Reiter. Er hatte ein fürchterliches Gesicht, das einem Totenschädel nicht unähnlich war. Dann holte der Maler einen dritten aus den Anstehenden, die alle gerne dabeigewesen wären. Er setzte dem Mann zwei Hörner aus dem Nachlaß eines Gemsen-Jägers auf und gewandete ihn in roten Samt. Schon war sein Motiv fertig. »Ich kann nicht mehr stehen, Albrecht!« rief der mit der Sense. »Bleibe er! Sonst melde ich es dem Pfalzgrafen dahier, Unglücklicher! Und du wirst einen Taler bezahlen müssen, darauf kannst du einen lassen!« Der mit der Sense erschauderte. Ein Taler war damals eine ungeheure Menge Geldes. Von ferne hörte man Hufschlag. »Wir müssen uns eilen, die Kohorten des Königs dürfen uns hier nicht finden, los! Steht still!« rief der Maler und ließ seinen Pinsel auf der Staffelei kreisen, daß es nur so pappte. Kommissar Schneider drehte sich im Bett um. Die Kralle fummelte sich irgendwie aus dem Zimmer, nachdem sie aus eigener Kraft aus dem Schrank gefallen war.

Der Fremde hatte sich den ganzen Tag in der Stadtbücherei aufgehalten. Er lieh sich ein paar Schallplatten aus, die er mit Kopfhörern anhören durfte. Der Bücherei gefiel es, wenn Schüler hierhin kamen, um Musik zu lernen. Aus diesem Grunde hatte sie eine große Auswahl zeitgenössischer Musik auf Lager. Da saß er nun, in einer schalldichten Zelle aus Panzerglas, man könnte meinen, er war es so gewöhnt. Doch innen in diesem Kabuff hatte er die einzigartige Möglichkeit, Jimmy-Hendrix-Platten zu hören, Elektrik-Lady-Land und ähnliches, die gab es als Vinyl ja schon lange nicht mehr oder waren nur sehr teuer in Spezialgeschäften zu erhalten. Er wippte mit dem Arm im Takt mit, als Jimmy seine ellenlangen Soli über den Plattenteller schleuderte. Ja, das war seine Musik. Die Musik, mit der er aufgewachsen war, damals, in Singapur. Dort war Jimmy Hendrix unterm Ladentisch zu haben. In den späten Sechzigern. Auch er, er war damals so zehn Jahre alt, war Fan von ihm. Und in der Sicherheitsverwahrung im Zuchthaus hatte er keinen Plattenspieler gehabt. Vergangenheitsbewältigung. Aber nicht nur! Er nutzte die Schallabgeschlossenheit, um sich mit einem zurechtgedrehten Eisenkleiderbügel eine neue Greifhand anzubringen. An seinem zerstörten Arm. Und es gelang so leidlich. Als er den Bügel mit den Enden in die offene Armwurzel stieß, schrie er vor Schmerz laut auf. Keiner konnte ihn hören, er verdeckte den Arm dabei mit seinem eigenen Körper gegen mißtrauische Gaffer.

Der Abteilungsleiter der Plattenabteilung der Stadtbücherei winkte einmal kurz und freundlich in die Zelle, dann befaßte er sich mit einem Regal mit Noten von Hindemith bis Schostakowitsch. Schostakowitsch. Das wär mal was! Einmal solch eine von diesem großen Komponisten gemachte Musik zu Hause volle Pulle auf dem eigens dafür gekauften, sündhaft teuren Plattenspieler mit Röhren-Endstufe und Raum-Akustik-Boxen besonderer Güte ohne die mißbilligenden Blicke seiner Kinder ganz in Ruhe zu Ende hören! Eingespielt von Karajan und seinen Freunden. Der flog ja ein eigenes Flugzeug! Nicht zu fassen, was man als Musiker verdienen kann! Und er? Allein den ganzen Tag hier in dieser beschissenen Plattenabteilung, weil keiner mehr sich für so was interessiert, die haben doch alle ihre eigenen Disc-Mans heute, die Kinder! Höchstens mal kommt so ein Arsch wie dieser einhändige Typ mit der blutverschmierten Hose und den fettigen Haaren, die ihm unfrisiert von der Stirne baumeln! Bah! Er war es leid, hier zu funktionieren! Gespannt schaute er sich um, dann riß er die Tür zu der Einzel-Hör-Kabine auf und haute dem Fremden mit voller Wucht auf den Kopf, mit dem vorher aus der Wand gerissenen Feuerlöscher! Doch er hatte nicht mit der sofortigen Gegenwehr des deshalb nicht verdutzten, sondern spontan Reagierenden – weil in seiner Spezialausbildung gelernt – rechnen können! Der riß ihm in einer Rolle rückwärts den Feuerlöscher aus der Hand und haute ihm damit eine langgezogene Öffnung in den Körper, von unten nach oben, dann riß er den Stöpsel des Feuerlöschers raus und spritzte ihm die gesamte Löschflüssigkeit in die Wunde!

Sehr schön, dachte er bei sich, ein armer Schüler wäre jetzt nicht so glimpflich davongekommen wie er selber. Er schmiß kopfschüttelnd den Rest der Flasche gegen die Wand, von unten hörte man schon Geräusche, und verschwand durchs zue Fenster mit einem langen Sprung. Um den Leuten, die jetzt hochgestürmt kamen, um zu schauen, was denn da los wär, Angst einzujagen, ließ er einen langgezogenen teuflischen Schrei los während des Sprunges aus dem Fenster. Katzenhaft federte er unten zwei Stockwerke tiefer auf dem Asphalt auf, sprang dann einem vorbeifahrenden Lieferwagen hintendrauf, riß im Fahren den hinteren Teil der Fah-

46

rerkabine mit bloßer Hand weg und würgte den Fahrer von hinten, zwei, drei Male, und warf ihn in hohem Bogen bei Tempo achtzig aus dem fahrenden Lastkraftwagen. Dann ließ er die Gänge krachen und startete durch, um am Horizont zu verschwinden. Eine Menge Leute starrten ihm dabei nach. Wer war denn das? Wird hier ein Film gedreht? Eine junge Frau traute ihren Augen nicht. »Herr Wachtmeister, was ist hier los?« fragte sie einen Polizisten, der den davonrasenden Lastwagen jetzt aufschrieb.

Am Abend ging der Kommissar Schneider kegeln. Seine Kegelbrüder durften ihn nicht erkennen, deshalb legte er Rouge auf, setzte eine brünette Perücke auf und zog sich hohe Hacken an. In der Handtasche lag schwer die Luger. Sicher ist sicher, er wollte jetzt bewaffnet weggehen, weil im Fernsehen hatten sie gesagt, ein fremder Schwerverbrecher wäre geflohen und hätte schon ein paar Leute auf dem Gewissen, zuletzt den hiesigen Schallplattenfachmann der Stadtbücherei. Und: Dieser Mann hätte eine Art Kralle als Hand! Sähe selbstgebastelt aus! Kommissar Schneider erschauderte daraufhin. Mehrmals. Dann war er an den Schrank gegangen, wo die Kralle jetzt nicht mehr lag! Wie hatte sie sich denn von alleine entfernen können? »Mein Name ist Waterkant, die Dame! Hier, mein Mantel, ich will ihn unter allen Umständen behalten, ich kegele immer MIT! Verstehen Sie!?« »Ja, ja, der Herr Kommiss ... äh, ich meine Frau Waterkant, sicherlich, sicherlich!« Die Dame an der Garderobe in der Kegelstube nahm dann auch nur einen

47

Euro an, anstatt diesen Mantel von dem verkleideten Kommissar aufzuhängen.

Im Kegelkeller war dicke Luft. Heinz Schneider hatte neue Zigarren geschenkt bekommen, als er die Firma verließ und in Rente ging, jetzt hatte er alles verschenkt, weil seine Frau klar dagegen war, daß er noch rauchte, denn er war jetzt Rentner und solle doch lieber so ein bißchen Gartenarbeit machen oder auf dem Balkon, denn sie hatten ja noch keinen Garten. Heinz Schneider war über achtzig und fuhr noch gerne Auto, allerdings sehr, sehr langsam. Die Polizei wollte gerne, daß er den Führerschein abgibt, doch Heinz Schneider war frech. Er zeigte den Beamten den Vogel und fuhr einfach weiter. Kommissar Schneider war nicht mit ihm verwandt. Deshalb wußte er auch von der Story nichts. »Moin, Moin!« rief er (sie!) in die Runde. Die Kegler erwiderten ein gestreßtes: »Ja, ja! Nabnd! Setz dich, du kommst zu spät, Schneider!« Anscheinend wußten sie alle, wer das ist! Kommissar Schneider war es egal. Er war eben verschroben geworden auf die alten Tage. Jetzt, der Zeitpunkt, um seine Retard-Kapseln zu nehmen, fürs Herz. Er nahm ein Wasserglas und schluckte zwei dicke Brummer, wie er zu sagen pflegte. Dann nahm er sich eine dicke Kugel (die dickste Damen-Kugel) und kegelte. Neun Kegel fielen anstandslos um. Die andern kannten bereits das sprichwörtliche Glück des Kommissars, sie waren ja jahrzehntelang teilweise mit ihm auf Streife gegangen. Als der Kommissar an diesem Abend ausnahmsweise mal nur acht Kegel zum Umfallen bewegen konnte, hörte er sofort auf, zu kegeln! »Hab keine Lust mehr! Macht echt keinen Spaß! Tschüs!« waren seine letzten Worte. Dann sah man seinen aubergine-farbigen

48

Reifrock durch das Treppenhaus der Gastwirtschaft wehen, in der die Kegelbahn ihr Zuhause hatte. Draußen kamen ihm sogar ein paar Tränen. Ja, der Kommissar, der immer so hart wirkt, wenn es um seine Fälle geht, jetzt präsentierte er sich überaus zart, und damit auch für die Damenwelt interessant! Sofort hielt ein BMW-Cabrio mit einer tollen Frau drin an. »Steig ein, Süßer! Mein Mann ist auf Montage! Laß uns deinen Frust wegficken!« Das ließ sich der Kommissar nicht zweimal sagen. Während des Fickens gab der Kommissar Schneider noch mehrmals wiederholt seine Künste zum besten, indem er sogar einen Orgasmus mit Weinen vortäuschte. Ja, ein Genie, dieser Mann.

»Ich habe eine tolle Erfindung gemacht, deshalb bin ich auf der Flucht!« Sie konnte sich keinen Reim darauf machen. »Warum?« Sie konnte chinesisch, denn der Fremde hatte sie in seiner Heimatsprache chinesisch angesprochen. »Nun, diese Erfindung ist wohl für die führenden Industrienationen ein Dorn im Auge, liebe Frau Chan. Ich habe eine Pipeline erfunden!« »Was? Eine Pipeline? Was ist denn das! Das ist doch unheimlich lang, und drin fließt Öl, ist es nicht so?!« »Genau, Frau Chan! Aber das alleine wäre nichts Außergewöhnliches: Die Pipeline ist aus PAPPE!« Die Frau wußte nicht, wie sie sich bewegen sollte und was sie darauf sagen sollte, sie hatte plötzlich Angst. Sie begann zu weinen. »Tu mir nichts, Fremder, ich bin auf deiner Seite, ich will dir auch helfen, so gut es geht, bitte!« Sie jammerte wohl so nervend, daß der Fremde sich ekelte. »Ich ekel mich, verstehst du? Ich

49

ekel mich! Hör auf, du Doofe! Nicht weinen! Ich bin angeekelt, verdammt noch mal! Gleich lege ich meine Hand um
deinen Hals und zerfetze dich, Frau Chan! Bitte, hör auf, ich
will es nicht tun, ich bin gut! Ich will gar nicht morden oder
zerstören, man soll sich nur mit mir befassen wie mit einem
normalen Menschen, der bin ich ja auch, die lange Zeit als
Verfemter hat mich verroht! Bitte, hör sofort auf zu weinen!
Neiiiin! Du hörst nicht auf?« Die Frau konnte nicht, sie weinte
bitterlich. Sie hatte Angst. Das war das Falsche. Der mit der
Kralle schlug ihr mit einem einzigen Hieb den Kopf von der
Schulter. Ein zaghaftes »Ntschuldigung!« rannte schnell aus
seinem Mund. Dann sprang er wie von der Feder geschnellt
über den Acker. Der Rechen fiel um. Die Frau hatte ihn bis
zuletzt in der Hand gehalten. Wer sollte nun die Ernte ein-
bringen? Sie wohnte allein auf weiter Flur.
Panzer rollten über sie hinweg, ein Bomber zerschnitt den
Himmel, eine Horde Bundeswehrsoldaten übte für den
Ernstfall, aber das war Jahre her.

»Herr Kommissar, wir brauchen Sie. Im Dienst. Es geht nicht
mehr ohne Sie!« Der Kommissar hörte wohl nicht richtig.
»Hier ist Waterkant, Herr Polizeidirektor, ich bin nicht Kommissar Schneider!« »Doch! Und doch! Hören Sie, ich komme
persönlich bei Ihnen vorbei, und dann bereden wir alles. Ja?
Bitte, lassen Sie mich vor! Ihre Frau …« »Meine Frau ist in
Urlaub!« klang es barsch aus dem Hörer. »Na gut, dann
bringe ich meine Frau mit, sie kann uns Schnittchen machen,
SCHNITTCHEN! Herr Kommissar!« »Schnittchen? SCHNITT-

CHEN?!« Kommissar Schneider erinnerte sich plötzlich an das Codewort für besonders schwierige Fälle. »Na gut, Herr Polizeipräsident, in fünf Minuten bei mir zu Hause.« Und legte auf. Der Polizeipräsident atmete noch nicht ganz auf, denn er wohnte am anderen Ende der Stadt in einer städtischen Wohnanlage, und fünf Minuten wären unmöglich. Aber er hatte keine Wahl. Also orderte er den Katastrophenschutz mit einem Hubschrauber zu sich nach Hause, das ging schneller. Jetzt nur nichts übereilen, dachte er bei sich, aber er hatte es schon getan.

Geysire beherrschten das Bild. Eine Wildnis, wie sie im Buche steht. Hoch stiegen die heißen Wasserdämpfe in den Himmel, gefüttert wurden sie von hellroten, gleißenden Feuerzungen, die aus der Erde spritzten. Ein tapirartiges Tier, aber viel größer, als wir es aus Brehms Tierleben kennen, kroch aus dem Wald, der am Horizont einen dicken grünen Strich formte. Der Tapir kam näher, erst dann nach einer Weile konnte man erkennen, daß es wohl ein Saurier sein mußte. Ein Saurier. Riesig, diese Tiere, aber harmlos. Pflanzenfresser. Höhe: sechzehn Meter! Länge: vierundfünfzig Meter! Die größten Säugetiere der Erde. Ein vierflügeliger Riesenpapagei segelte lautlos durch den Himmel. »Lora! Lora!« Er nannte schallend seinen Namen. Der Hubschrauber, in dem der Polizeipräsident saß, bog um die Ecke und setzte auf einem der Geysire auf. Der Polizeipräsident stieg aus und wäre beinahe in ein Erdloch gefallen, wenn er einen Schritt weiter nach links gegangen wäre. Aber so geschah nichts. Er ging schnurstracks in das Haus des Kommissar Schneider herein. Jedoch, da war kein Haus. Der Polizeipräsident staunte nicht schlecht. Wo war das Haus? Er schaute auf die Uhr. Es war sehr heiß hier. Heißer als sonst. Da, das Haus. Gerade rechtzeitig. Daß eben noch gar kein Haus da gestanden hatte, sondern eine noch nie von einem Menschen berührte Landschaft, das hatte er bereits vergessen. Aber eben noch, da sah er es mit eigenen Augen. Diese Dimension, liebe(r) Leser(in), hat bereits Risse! Wir hatten darüber bereits gesprochen, daß die verschiedensten Dimensionen allgegenwärtig sein können. Diese eben hier, die der Polizeipräsident wohl gesehen haben mußte, aber sofort vergessen konnte – und das ist sein Glück, daß er vergessen kann! –, hatte Risse! D.h. sie wird in der Gegenwart plötzlich deutlich, und wenn man sie sieht, ist man eigentlich sofort verrückt davon, außer: Man ist blöd! Und der Polizeipräsident war blöd! Auf jeden Fall in den Augen Kommissar Schneiders! Und darum geht es ja hier in diesem Moment.

»Na gut, kommen Sie schon rein. Wo ist ihre Frau denn?« Der Kommissar Schneider war etwas enttäuscht, denn der Polizeipräsident hatte seine Frau im Hubschrauber sitzen lassen, mit dem Piloten. Sie solle ihn etwas unterhalten, hatte er ihr gesagt, aber er wollte sie nur nicht bei dem knappen Gespräch mit dem Kommissar dabeihaben. Sie stört immer. »Aber die Schnittchen?« Der Kommissar hatte jetzt wieder vergessen, daß das doch nur das Codewort war für schwierige Fälle! »Ach so!« Dann saßen sie im Wohnzimmer. Sie sprachen kein Wort. Lange. Dann machte der Polizeipräsident eine anerkennende Kopfbewegung. Es sollte sich hiermit um ein Lob über das außerordentlich aufgeräumte Wohnzimmer handeln. Kommissar Schneider nickte freundlich: Dann schaute der Polizeipräsident dem Kommissar tief in die Augen. Der Kommissar verstand. Er wandte den Kopf herüber zu dem Schrank, in dem noch gestern die Kralle aus Eisen gelegen hatte. Mit wissendem Blick rollte der Polizeipräsident einmal kurz die Augen. Das wiederum verstand der Kommissar Schneider. Es war eine Art Erstaunen über den Mut des Kommissar Schneider, diese Kralle hier beherbergt zu haben. Aber da wußte der Kommissar eben ja noch gar nicht, wem genau die Kralle gehörte. Jetzt schlotterten ihm die Knie. Trotzdem schaute der Kommissar den Polizeipräsidenten aufmunternd an und sagte mit seinem Blick so etwas wie »..., na gut, ich übernehme den Fall«. Der Polizeipräsident fiel dem Kommissar vor Freude fast um den Hals, drückte dieses aber nur lediglich mit den Augenbrauen aus. Dann stand er auf und ging. »Auf Wiedersehn, Herr Kommissar. Sie wissen wohl am besten selber, wie sie den Fall angehen. Gute Nacht.« Wenig später verschwand der Helikopter in der tiefen Nacht.

Kommissar Schneider zog es vor, in dieser Nacht aufzubleiben und die Stadt mit seinem Auto zu durchstreifen. Er hatte vom Polizeipräsidenten seinen Polizeiausweis zurückerhalten und die dazugehörige Walter-Pistole. Jetzt hatte er zwei Pistolen, die Walter und die Luger. Die Luger lag ihm besser in der Hand, mehr Komfort. Er hatte sie sich ja selbst etwas zurechtgeschnitzt am Knauf. Die Klappscheinwerfer fuhren hoch, genauso wie das Garagentor, als der Kommissar nur ein bißchen Gas gab und fast geräuschlos mit seiner Rentnerkarre die Garagenauffahrt hochfuhr, um auf die Straße

54

abzubiegen. Das Garagentor fuhr wie von Geisterhand wieder zu.

Die Schnellstraße war für den Kommissar nicht interessant. Er fuhr Umwege, nur kleine Gassen und Sträßchen entlang, bis zu dem Wirtshaus, das für die Taxifahrer nachts noch spät warme Küche machte. Hier stieß er die Tür mit dem Fuße auf und ging in den Gastraum. Laute wie von eingeschlafenen Schafen waren von der Theke her zu bemerken, ein paar Besoffene, bereits Eingeschlafene saßen krumm auf ihren Barhockern. Einer war wach und soff. Kommissar Schneider bestellte sich Heringe in Sahnesoße und Bratkartoffeln, dazu einen Gurkensalat. Und ein Bier. Dann schmiß er ein paar Cents in die Musikbox. Wencke Myrrhe sang das Lied mit dem knallroten Gummiboot. Kommissar Schneider drückte diesen Titel so oft, daß die übrigen Gäste sich anfingen zu beschweren. Daraufhin zückte der Kommissar Schneider seinen Polizeiausweis und bemerkte, er wäre heute mal gut gelaunt, sonst würde er hier alle verhaften. Ein paar der Leute hauten daraufhin sofort ab. Sie hatten keine Lust, sich von so einem Polypen hochnehmen zu lassen, sie hatten allesamt was auf dem Kerbholz anscheinend. Ein magerer Endvierziger schaute zum Kommissar mit geröteten Augen herüber. Er lallte, als er mit seiner Geschichte anfing.

»Herr kumm-essha, i-hch happ – kaaai – phoo- hh- ...« »Sie brauchen gar nicht weiterzureden, edler Herr, ich weiß, was Sie mir sagen wollen: Sie haben ein ungewöhnliches Erlebnis gehabt, ich denke auch, ich weiß, daß es sich um die Begegnung mit einem außergewöhnlichen Menschen handelt, aber machen Sie sich keine Gedanken, es handelt

55

sich hiermit um einen ganz normalen Menschen wie du und ich, verstehen Sie? Ich bin auch nur ein Mensch. Und eine Begegnung mit mir ist nun mal etwas delikat, wenn diese Beschreibung überhaupt der richtige Ton ist. Und nun gehen Sie nach Hause, ihre Frau wird schon warten. Ich für meinen Teil bin Strohwitwer, ich darf bleiben. Auf Wiedersehen.« Dann senkte er den Kopf in sein Bierglas und war überhaupt nicht mehr da für den Betrunkenen. Der traute seinen Augen nicht: Vor ihm lag ein Holzstoß. Lange, frisch geschlagene Fichten, zu einem großen Haufen zusammengetragen. Im Gebüsch stand ein großes Pferd und schnaubte, seine Nüstern waren schleimig. Seine Augen hatte es auf den Betrunkenen gerichtet und spitzte jetzt beide Ohren. Ein Pfiff erschallte aus dem Wald. Das Pferd warf den Kopf herum und war wieder weg. Statt dessen war der Stuhl, auf dem gerade noch Kommissar Schneider gesessen hatte, leer.

Er hatte sich in dem verlassenen Stollen eines ehemaligen Bergwerkes, einer Kupfermine, sein Lager errichtet. Dort lag er den ganzen Tag und die ganze Nacht und studierte die Sprachhefte, die er einer Schülerin aus dem Tornister gezogen hatte, in der Straßenbahn. Deutsch – Chinesisch. Mit Bildern. Er hatte vor, die deutsche Sprache von Grund auf zu erlernen, um sich doch irgendwann, wenn er genug Zeit hätte verstreichen lassen und Gras über seine Vergehen gewachsen wäre, hier in Deutschland seßhaft zu machen, vielleicht ein Kiosk in Köln, oder als Kartenabreißer im Zug.

Oder aber auch vielleicht als Schauspieler, vielleicht würde er einmal im Fernsehen auftreten können, bei »Wetten daß« oder »Showgeschichten« mit Gerhard Schmitt-Thiel. Das hatte er neulich im Vorübergehen in einem Radiogeschäft sehen können. Die Sendung hatte ihm so gefallen, daß er die Scheibe eintrat und den Fernseher mitnahm. Jetzt hatte er diese Probleme mit dem Empfang unter Tage! Scheißantenne!

Was war denn das? Der Motor hustete. Spuckte Öl. Versiegte. Pött, pött. Schluß. Mitten auf der Autobahn. Mitten auf der linken Spur. Kommissar Schneider rastete aus. Was, wenn jetzt ein schnelles Auto von hinten kam und nicht ausweichen konnte? Schnell, der Schleudersitz! Vor drei Jahren hatte er ihn sich beim Boschdienst einbauen lassen. Aus einem alten Phantomjäger herausgeschraubt während einer Nacht, dann in seinem Auto eingebaut. Gute Sache damals. Der Pilot flog ohne seinen Schleudersitz herum, ohne es zu bemerken, denn Kommissar Schneider hatte ihm seinen Fernsehsessel mit Massagemotor reingestellt und einfach mit Gaffertape am Fußboden des Flugzeuges festgepappt. Als der Pilot dann mal wirklich den Schleudersitz brauchte, drückte er auf den dafür vorgesehenen Knopf und wurde schön am Rücken durchmassiert, bevor die Maschine auf den Feldern von Bauer Schürmann aufschlug. Der Kommissar schaute mit dem Fernglas zu, zufällig. Er wollte noch helfen und rief dem Piloten vom Boden aus zu, er solle einfach rausspringen und mit den Armen flattern, wie der Kommissar Schneider es ja auch selber gut konnte. Zu spät. Und außerdem zu leise.

Der Schleudersitz raste hoch in den Himmel, mit ihm Kommissar Schneider, um sich dann in gehöriger Entfernung mitten auf einer vierzig Meter hohen Fichte um den obersten Wipfel zu bohren. Da schaukelte jetzt der Kommissar auf dem Stuhl und schaute herunter. Eine ganze Kolonne von schnellen Autos fuhr seinen schönen Sportwagen zu Schrott. Verdammt! Er mußte das auch noch mit ansehen! Wie ein Affe kletterte der Kommissar die lange Fichte herab, um die Unfallstelle abzusperren. Zum Glück hatte er immer in seiner Jacke zusammenfaltbare, rot-weiß gekringelte Plastikhütchen dabei und ein rot-weißes Absperrband. Schnell, bevor noch mehr kaputtging. Er schaffte es, daß sein Wagen gerettet werden konnte. Zwar war der hintere Teil jetzt platt und hochkantig, aber das stand dem Wagen gut. Er stieg ein und fuhr weiter, ohne die Absperrung der Autobahn aufzuheben. Er war eben schon etwas älter, und da denkt man nicht immer an alles. Als er da so über die Bahn schoß, fiel ihm ein, er könne ja mal nach Ingolstadt durchpreschen, um seiner Frau einen Spontanbesuch abzustatten. Die Lichter der Stadt flogen morgens um sieben auf ihn ein, er bog mit kreischenden Reifen in die Gartenstraße ein, in dem er das Hotel seiner Frau vermutete. Und richtig: Da lag es vor ihm, Lichter wiesen ihm den Weg auf den Hotelparkplatz. Um durch die Schranke zu kommen, mußte er eine Karte ziehen. Dann stellte er den Wagen unter einer Zypresse ab. Er guckte kurz hoch und überlegte es sich dann doch anders. Die Zypresse war ihm nicht geheuer, es könnte sich ja eines dieser blauen Beerchen mal lösen und auf das Autodach fallen, damit wäre es demoliert.

58

Nein! Nicht mit ihm! Er fuhr mit laut durchdrehendem Motor in eine andere, nicht überbaumte Parklücke hinein. Die Landluft schlug ihm beide Lungenflügel zu, als er ausstieg. Sehr intensiv, in der Stadt war dagegen ja gar keine Luft. Die vielen Autos und sonstige Chemieabgase. Hier war alles schön. Nur eines gefiel ihm nicht: Aus einem der vielen Hotelzimmer drang ein heftiges Gestöhne, wie wenn eine Frau im Orgasmus liegt, und es klang verdammt noch mal nach seiner eigenen Frau!

»Du bist ekelhaft! Wie konntest du einfach unangemeldet kommen! Das ist doch klar, daß das schiefgehen kann!!« Die Frau Kommissar Schneider war hocherzürnt. Jetzt saß sie gemeinsam mit ihrem Mann im Auto und fuhr gen Heimat. »Die Fenster zu Hause müssen auch mal wieder geputzt werden! Was ist denn das überhaupt für eine Art! Hier einfach abhauen, mich allein lassen mit all dem Scheiß und dann obendrein noch einen Kurschatten! Das hätte ich nie von dir gedacht!« »Tja, wohl verschätzt.« Sie wurde wieder verächtlich, dachte er bei sich. Bei der nächsten Gelegenheit wollte er sie wieder loswerden. Daß sie mit einem anderen Mann Sex gehabt hatte, machte ihm nichts aus. Aber dieser andere Mann war schauderlich anzusehen. Als er noch lebte. Kommissar Schneider hatte ihn auf die spanische Art erledigt. Noch im Poppen tat die Luger ihren Job. Erst wollte er die Walter, doch dann ... Na ja, bald waren sie ja zu Hause. »Da vorne, da ist Duisburg schon! Siehst du die Zoobrücke? Ach ist das schöööön, zu Hause zu sein!« Sie war völlig außer Rand und Band. Und auch der Kommissar fühlte sich irgendwie heimisch.

Die Buchsbaumhecke mit dem Wort ZOO geschnitten ragte hoch in den Himmel. Es war mittags und viel Verkehr. Eine lange Autoschlange hatte sich an der Ausfahrt Kaiserberg gebildet. Ein dunkelblauer Peugeot 605 mit geplatztem Heizungskühler, Kennzeichen ME-YD-650. Der Kommissar fuhr einfach rechts auf dem Seitenstreifen an den Lkws vorbei. Doch dann kam eine Brücke, und die Autobahn verengte sich wieder. Zu spät zum Einscheren. Der Kommissar mußte anschließend sage und schreibe so lange auf der Stelle warten, bis überhaupt kein Verkehr mehr da war! Keiner ließ ihn rein! Sie hatten ihn wohl nicht erkannt. Sein Auto war auch kaum noch von einem Betonpfeiler zu unterscheiden, wegen dem zusammengedrückten Hinterteil. Und dadurch konnte man den Kommissar auch gar nicht in seinem Auto sehen. Als die Sonne unterging, konnte er mit den letzten Tropfen Benzin die rechte Spur einnehmen und wenig später abfahren. Zu Hause. Das Garagentor öffnete sich von Geisterhand. Der Wagen fuhr geräuschlos die Abfahrt herunter, das Garagentor schloß wie von selbst, und drinnen im Haus fiel der Kommissar erst mal über den Nudelsalat her, den seine Frau ihm während der Fahrt gemacht hatte.

»Seid ihr alle da?« »Jaaaaaa!« riefen die Kinder. Sie saßen mit ihren Eltern beim Verkehrskasper in der Vorführung. »Hallo, Eppel! Wo ist denn Oma?!« Der Kasperle traf Seppel gerade. Sie schwätzten ein paar belanglose Sachen wie: »... Na? Alles klar? Wie iss et? Alles im Lack?« »Ja! Bin gut

drauf, Leute! Ihr auch, Kinder?!« »Jaaa!« Die Kinder waren
sehr aufmerksam. Die Kasperl-Bühne war ein roh gezimmer-
tes Stück Holz mit einer alten Decke als Vorhang, die links
und rechts mit Dachlatten hochgehalten wurde, mittels ein
paar rostigen Nägeln, die er in das Stück Holz eingeschla-
gen hatte, mit bloßer Faust. Das Theater stand auf einem
Schotterparkplatz. In der Nähe eines Kindergartens. Im Ein-
kaufs- und Gewerbegebiet. Der Kasperletheaterbetreiber
war ein Mann, der hier endlich eine Möglichkeit gefunden
hatte, nicht so aufzufallen wie sonst. Er hatte sich ja die
Kasperpuppen über die fehlende Hand und auf den zurechtgebogenen Stahlhaken gezogen. Jeder dachte: Aha!
Der hat ja richtige Hände! Erstmals in seinem Leben fühlte er
sich wieder als Mensch, so wie früher, bevor ihm die Hand
wegen Nasebohrens abgeschlagen wurde in China. Allerdings muß man dazu sagen, er hatte sich nicht selbst in der
Nase gebohrt, sondern seiner Lehrerin, und zwar bis ins
Hirn. Er war damals acht Jahre alt und kam in eine Besse-
rungsanstalt. Das war gut so, dachte er heute, denn er fühlte
sich jetzt besser. »Da! Das Krokodil! Hilfe, Kasper, hilf mir! –
Ja, Großmutter! Omma! Ich komma.« Die Kinder lachten
wegen dem Reim, die Eltern diesmal auch. Sie gaben
anschließend gerne ein paar Cent in den Hut, den Kasperl
auf der Hand des Fremden rumgehen ließ. So ließ es sich
leben. Von dem Geld kaufte sich der Fremde erst mal eine
dicke Fleischwurst mit Knoblauch. Ach nein, ohne besser.
»Ohne!« waren seine Worte in der Metzgerei. Die Verkäuferin blinzelte ihm zu, sah den verhängnisvollen Haken an seinem Arm zwar, doch erblickte sie am Tag so viele Haken,
daß sie nicht mehr zählen wollte. Der Fremde steckte sich

die Wurst an den Haken, oder besser gesagt, auf die Kralle, und biß ab. »Wollen Sie die Wurst direkt auf die Kralle?« hatte die Verkäuferin gesagt. »Das ist ja eine wahrhaftige SATANSKRALLE, die Sie da haben, der Herr! Interessant!« Der Fremde lief vor Scham rot an. So etwas hatte noch nie jemand zu ihm gesagt. Aber irgendwie hörte es sich gut an! Von nun an war sie geboren: die SATANSKRALLE von Singapur! So nannte er sich jetzt. Vielleicht kam er wirklich damit zum Fernsehen. Erst mal vielleicht sofort eine Biografie schreiben, von seinen guten, aber auch etwas von den schlechten Taten. Muß ja nicht direkt ein Mord drin vorkommen, nur so kleine Sachen, wie zum Beispiel die Sache, als er sich den Fuß verstaucht hatte. Das hatte wehgetan!

»Wir haben jetzt eine Täter-Charakteristik, Herr Kommissar! Am letzten Tatort, einer Metzgerei, hat der Täter mit Blut auf die Kacheln etwas geschmiert! Kommen Sie zur Metzgerei Brendelkamp in der Lewerenzstraße 104! Haben Sie Blaulicht?« Der Kommissar legte den Hörer auf die Gabel. Natürlich hatte er Blaulicht. Quatsch, das braucht er doch gar nicht. Er ging zu Fuß durch die Stadt, da war er noch schneller.
An der Metzgerei standen schon die Hyänen von der Presse und wollten ihn schlachten, ausschlachten, was ihnen in die Flossen kam! Aber ohne ihn, ohne Kommissar Schneider. Er ging mit gesenktem Kopf in die Räume der Metzgerei hinein. Da stand mit Blut auf der Wand: »Die Satanskralle von Singpore läßt schön grüßen, und zwar den, der das liest.

Außerdem ist der, der das liest, doof!« Da hatten sie den Salat. Ein Mörder macht sich lustig. Das sind die am schwersten zu untersuchenden Fälle. Die Verkäuferin war ganz durchgetrennt, aber auf ihren Gesichtszügen lag noch eine Art Lachen, so als wäre sie sich noch nicht einmal bewußt gewesen, was da mit ihr passierte. Vielleicht war es auch viel zu schnell gegangen. Kommissar Schneider tippte rhythmisch mit den Fingern gegen die Plastikhinterwand der elektronischen Registrierkasse. Endlich hatte er einen Anhaltspunkt. Der Täter war männlich, denn von ungeheurer Kraft, konnte Deutsch, konnte schreiben und hatte eine merkwürdige Waffe benutzt. Welche, wurde ihm zunächst nicht klar. Da muß er erst mal mit seiner Frau drüber reden. Frauen sind in der Kriminalistik ja eine große Hilfe, weil sie immer so einfach denken. Er ließ die Leiche mit zu sich nach Hause transportieren. Doch erst mal hatte er sich deshalb mit seiner Frau zu streiten, denn sie war eifersüchtig.

Normalerweise wird der Müll an einem Freitag abgeholt, deshalb quoll die Aschentonne über, und eine Plastiktüte hing über den Rand der Tonne bis fast auf den Boden. Darin befand sich ein Bein. Mit einem Schuh. Die Kinder entdeckten es zuerst. Dann sagten sie es ihren Eltern. Die wiederum riefen die Polizei. Als der Einsatzwagen kam, war jedoch das Bein wieder weg. Keiner konnte sich einen Reim darauf machen. Eben war es noch da, und dann war es weg. Unverrichteter Dinge gingen die Polizisten wieder nach Hause in ihre Einsatzzentrale zurück, das Bein war jetzt unterwegs.

63

Die Müllmänner waren heute gekommen, weil morgen Feiertag wäre. Oder? Nein, es ereignete sich etwas ganz anderes: Das Bein wurde in kurzer Zeit unsichtbar! Wie das geht? Folgendermaßen: Der Fremde mit der Satanskralle. Er wollte doch seine Identität verschleiern. Um für Aufregung zu sorgen, aber auch dafür, daß keiner etwas ausrichten kann, versteckte er sich mit dem Kopf nach unten in einer Aschentonne. Eines seiner beiden Beine steckte er in einen blauen Müllsack und ließ es oben an der Aschentonne herausbaumeln, so lange, bis er Kinder hörte und bis sie einmal das Bein angefaßt hatten. Dann wartete er ein wenig und stieg schnell wieder aus der Tonne heraus, um zu verschwinden. So einfach ist es, eine falsche Spur zu fabrizieren. Das hatte er sich selbst ausgedacht. Auf diese Weise sorgte er im Polizeiapparat für Aufregung. Nicht schlecht, was?

Das Büro des Kommissars war von einem Neuen belegt worden. Jetzt mußte dieser für ein paar Wochen voraussichtlich weichen. Könnte aber auch länger dauern. Denn eine absolute Spezialität des Kommissars war es, seine Fälle sozusagen auszusitzen. Also saß er stundenlang in seinem alten Büro und kaute Fingernägel. Satanskralle. Und dann noch aus Singapur. Was hatte das zu bedeuten? Irgendwie hatte er das Gefühl, er solle sich mal an Ort und Stelle erkundigen. Er rief die Reisestelle der Polizei an und ließ sich anschließend mit der chinesischen Botschaft verbinden, wegen einem Visum. Denn das brauchte er, wenn er nach China einreisen wollte.

Sein Flugzeug kam um sechs. Da hatte er noch Zeit, sich von seiner Frau zu verabschieden. Sie fand das alles sehr beschissen, weil sie sich auf den Lebensabend mit ihrem Mann gefreut hatte, und jetzt? Jetzt geht er wieder arbeiten! So ein Arsch. Schwer bepackt mit Koffern und Tüten verließ der Herr Kommissar Schneider das Haus so gegen halb fünf. Er wollte nicht mit dem eigenen Wagen zum Flughafen fahren, also wartete er auf einen Einsatzwagen, den er im Polizeipräsidium vorbestellt hatte, auf genau halb fünf. Er mußte ungefähr zehn Minuten warten, für den Kommissar eine sehr lange Zeit, in der er sich als Mensch von Grund auf bis hin zu einem wilden Tier veränderte. Als die beiden Beamten angefahren kamen, wurden sie von einem gefräßigen Raubtier empfangen. Der Kommissar riß die beiden in der Luft auseinander, natürlich nur sinngemäß. Bedröppelt halfen sie dem Kommissar, seine Koffer und Tüten in das Wageninnere zu befördern. Dann stiegen sie mit ihm ein, und es ging los. Der eine hatte die unangenehme Aufgabe, dem Kommissar mitzuteilen, daß es nicht direkt zum Flughafen gehen würde, denn sie hatten in ihrer Eigenschaft als Mülldetektive noch einen Zwischenstop an einer Tankstelle auf der A 52 zu machen. Dort sollte angeblich ein nicht kleiner Haufen Schrott liegen, und eventuell sogar Giftmüll. Das heißt alte Nachtspeicheröfen, auch Altöl, versehentlich sicherlich stehengelassen. Der Kommissar hätte wohl doch lieber ein Taxi nehmen sollen, aber jetzt war es auch dafür zu spät. An der Tankstelle häufte sich wirklich der Müll meterhoch. »Türken! Das machen nur Türken!« belehrte der Kommissar die beiden für ihn unerfahrenen Beamten. »Aber das ist doch gar nicht wahr, Herr Kommissar, nehmen Sie es uns

65

nicht übel, aber es kann doch genausogut ein Deutscher seinen Müll hier wegschmeißen!« Der Kommissar wurde ungeduldig. »Nun machen Sie aber mal einen Punkt! Ich habe Vorurteile! Und das ist meine Sache! Das geht Sie einen feuchten Kehricht an, denke ich! Ich wollte Ihnen helfen, schneller zu einem Ergebnis zu kommen, aber bitte, bitte! Machen Sie doch, was Sie wollen!« Die Beamten wagten kaum noch etwas dagegen zu sagen, es war ihnen auch eigentlich egal. Der Kommissar hatte sicherlich mal etwas Negatives erlebt. »Und außerdem, Herr Wachtmeister, habe ich gerade richtig gehört? Hier kann auch ein Deutscher seinen Müll loswerden? Dann weiß ich ja, wohin ich meinen Müll demnächst bringe. Und nun los, mein Flugzeug! Meine Mission muß in jedem Fall von Ihnen unterstützt werden, ich habe äußerste Priorität! Nun fahren Sie schon!« Mit einem Schirm stieß der Kommissar den Fahrer immer wieder in den Rücken. Als der Polizeiwagen endlich auf dem Flughafen ankam, sah der Kommissar gerade noch die Düsenaggregate der Maschine von hinten. Dann stieg sie hinauf und verschwand über den Wolken. »Über den Wolken muß die Freiheit wohl grenzenlos sein.« Der Kommissar summte die Hymne von Reinhard Mey. Jetzt konnte er auf dem Flughafen voraussichtlich übernachten. Nach Hause wollte er auf keinen Fall noch mal. Seine Frau würde ihm dann sicherlich etwas kochen. Da ging er heute lieber mal im Flughafen in die Cafeteria und schlug sich den Bauch mit Apfelkuchen voll. Dazu ein Milchkaffee. Ganz schön teuer hier. Die Beamten fragten, ob sie jetzt gehen dürften. »Bitte, gehen Sie. Sie sind für heute fertig. Ich komme allein klar. Auf Wiedersehen.« »Auf Wiedersehen, der Herr Kommissar

66

Schneider, und danke für alles.« Der Kommissar hatte ihnen etwas spendiert. Die beiden gingen, und Kommissar Schneider saß noch lange und schaute den abhebenden und ankommenden Flugzeugen hinterher, dabei überlegte er und ließ sich von den Impressionen in seinen Gedanken beflügeln.

Es war spät in der Nacht. Kommissar Schneider hatte den Kopf auf den Tisch gelegt und war eingeschlafen. Die Putzfrau wedelte mit ihrem Aufnehmer um ihn herum. Die Tasse Kaffee, seine zehnte, war noch halb voll, aber kalt. Sie stieß den Kommissar an. Der wurde nicht wach. Der schlief so fest, daß ihn keiner wecken konnte. Auch der Security-Mann mit den dicken Oberarmen konnte ihn nicht aufwecken. Also ließen sie ihn da so sitzen.

Mittlerweile kam der Betrieb wieder in Schwung. Ein paar Gäste kamen und stellten sich an der Theke an, um Kaffee zu bestellen. Der Kommissar wurde auch noch nicht wach, als die Uhr zwölf schlug. Da das Personal alle halbe Stunde wechselte, bekam keiner mit, daß er schon so lange da saß. Erst als der Koch, der eine längere Schicht hatte, wiederholt aus seiner Kombüse guckte und den Kommissar da liegen sah, er lag mittlerweile auf dem Tisch und hatte die Beine angewinkelt, um ganz darauf Platz nehmen zu können, rief er einen Krankenwagen. Endlich kam der Wagen. Kommissar Schneider wurde mit vier Mann in den Wagen verfrachtet. Innen im Wagen befand sich ein Arzt. Der wollte den Kommissar prüfen, nahm seinen Arm und fühlte den Puls. Dann wollte er Blut abnehmen. Als er die Spritze aufzog, um das Blut aus dem Kommissar herauszusaugen, wurde er

67

ganz still. Auch die anderen im Wagen verstummten unwill-
kürlich. Das Blut, das aus dem Kommissar in die Plastikspritze
lief, war blau!

Der Kommissar träumte, ihm würde Blut geklaut. Er schimpfte und warf sich im Bett herum. Doch war er ja angeschnallt.
Dann lag er lang ohne Bewegung. Plötzlich, wie elektrisiert,
wollte er hochspringen, mit aufgerissenen Augen starrte er
die Krankenschwester an. »Herr Doktor von Skalph, er ist
jetzt wach!« Ein Arzt betrat den notdürftig abgedunkelten
Raum. »Herr Schneider, Sie können heute nicht fliegen. Sie
haben eine Airline-Allergie. Das ist sehr sehr selten und
echt noch nicht erforscht. Sie sind der erste auf der Erde. Es
ist aber auch etwas ganz Besonderes, was Sie da haben,
und deshalb kommt gleich der Bundespräsident und will
Ihnen Blumen geben, dann hält er vor Ihrem Bett eine
kleine Ansprache, er ist sowieso zufällig hier, der SPD-Par-
teitag in Bochum. Es ist dort zu Ausschreitungen gekommen,
die Politiker sind ein paar Schritte im Park gegangen.« Der
Arzt hatte bewußt den Begriff »Ausschreitungen« gewählt,
um zu prüfen, ob der Kommissar Humor versteht. »Wenn ich
jetzt nicht über Ihren Wortwitz lache, Herr Doktor, liegt es
daran, daß ich zu hart bin für solche weichgezeichneten
Humoresken. Einfach zu blöd, diese Wortspiele. Ich ziehe
harte, derbe, ja sogar schlimme Witze vor, und sowieso
eigentlich Sex. Sex, Sex, Sex! Mein Lebenselixier. Wann kann
ich endlich fliegen?« Mit zur Seite gelegtem Köpfchen
schmunzelte der Kommissar den Arzt dermaßen vertrauens-
erweckend an, daß der Arzt, ohne zu überlegen, antwortete: »Heute noch! Sofort, Herr Kommissar, sofort!« Er
schnallte ihn los. Der Kommissar stand auf und ging seiner

Wege. Das Flugzeug wartete vollgetankt auf seinen Inhalt, lauter Studentinnen und Studenten, dazwischen Chinesen, die mal für ein par Wochen in ihre Heimat flogen, um Szenen aus Deutschland, aus diesem für sie ja fernen Land, zu erzählen. Die Chinesen sind, wenn sie in China sind, sehr weit weg von Deutschland. Die Deutschen sind, wenn sie in China sind, auch sehr weit weg. Aber es bedeutet für die jeweiligen Personen eine Umstellung. Die Chinesen, die in Deutschland sind, haben es sehr weit nach Hause und deshalb Heimweh. Die Deutschen, die hier in Deutschland sind, haben keinerlei Heimweh, es sei denn, sie leben richtig in China, und zwar schon lange, sind vielleicht dort geboren, dann haben sie, wenn sie in Deutschland sind, Heimweh nach China, oder wenn sie sagen wir mal nur die Hälfte ihres Lebens in China waren, und die andere Hälfte in Deutschland, dann haben sie, egal, wo sie gerade sind, ob China oder Deutschland, Heimweh nach beispielsweise Usbekistan, Turkmenistan, das ist ungefähr die Hälfte Distanz, wir wissen ja, die größere Stadt dort in der Nähe heißt ja Taschkent, unweit vom Amu Dsyra, der große Fluß, ach was, Strom, der in den Aral-See mündet, er kommt ja aus dem Pamir-Gebirge, und die Stadt Faysabad unterhalb der Metropole Duschanbe bedient sich seiner Fluten zum Teil als Kraftquelle. Na ja, was will man machen.

Der Flug verläuft ruhig.

Bis nach Singapur rein muß Kommissar Schneider eine Rikscha nehmen. Das ist ein Fahrrad mit Anhänger, auf dem der Europäer sitzen kann mit seinem dicken Arsch. Der

Chinese selbst strampelt sich einen ab. So kam es Kommissar Schneider vor. Also schlug er dem Fahrradfahrer vor, zu tauschen. Der Fahrer hatte solche Angst, von der Geheimpolizei erwischt zu werden, wie er nicht richtig arbeitet, daß er auf keinen Fall den Kommissar fahren ließ. Nach einer Weile wurde es dem Kommissar dann zu bunt, er nahm den Mann einfach vom Sattel und setzte ihn hinten rein, dann stieg er auf das Rad und trampelte drauflos. Fahrrad fahren machte ihm soviel Spaß, es erinnerte ihn an seine Kindheit, als er es erlernt hatte. Mit Hilfe seiner Oma. Da, hinter ihm plötzlich, ein Gongschlag! Und noch einmal! Er blickte sich um und erspähte eine Geheimpolizeistreife hinter sich. Was nun? Die Behörden hatten dem Rikschafahrer Arbeitsverbot erteilt, umgehend. Das konnten sie nicht mit sich machen lassen, Auflehnung gegen die Gesetze, gegen den Staat! In einer Verhandlung konnte der Mann mit Hilfe eines gewieften Anwalts erwirken, daß ihm nicht beide Beine und ein Arm abgeschlagen wurden, sondern nur der Kopf. Vor der Vollstreckung mußte er noch die Gerichtskosten bezahlen. Dem Kommissar ging es etwas besser. Er wurde dazu verdonnert, im Bierlager von Singapur Leerflaschen zu spülen. Aber als er seinen Polizeiausweis dem obersten Richter übergab, sahen sie in ihm einen Kollegen und statteten ihn mit allem Nötigen aus, besonders Papieren, die man für Ermittlungen in diesem riesigen Land braucht. Und ein Fahrrad. Das bekam er dazu. Umsonst. Bedingung: Er soll an der chinesischen Mauer entlangfahren und sie anschließend in einem Aufsatz beschreiben, für die Pressestelle. Dann könnte man damit im Ausland für China werben.

Die chinesische Mauer. Wer schon einmal dabeigewesen ist, kennt den unerwarteten Effekt, sie zum ersten Mal zu sehen. Es ist ungefähr so, als wenn man Elton John privat im Trainingsanzug beim Einkaufen trifft. Man kann es nicht glauben!

Brutux war ein eigentlich sehr einfaches Konzept zur Marketingstrategie für Lebensmittel. Ein einziges Gesamtvolumen bezog sich auf den Großteil der Ernte des letzten Jahrzehnts.

Damit rechnete der Staat sich über einen längeren Zeitraum eine höhere Erlebniskultur aus. Brutux befähigte einzelne Unterstaaten, sich performell zu vermehren, d. h. ihre Register zu koänisieren. Eine Grundfarbe war das Kataster. Schwelende Wunde im Bezirksverwaltungsamt. Erinnerte der Rat an Förderrenten, bestand das einzige Artefakt aus einem Bultmahm. Zweiteilig versteht sich. Opfer für gewisse formelle Einbuchtungen. Und zweckgebundene Fahrten-Artikel en mass. Einfach unmenschlich.

Spektralanalysen ergaben ein Viertelmilliardenprojekt, voraussichtlich ohne etwaige Verschuldungen. Mistralgewinde waren ja der Renner schlechthin! Pardon, aber der Kommissar interessierte sich demonstrativ für die Blondine am Eingang. Ihre Augen waren verhangen wie das Wetter heute.

Er stand in der Diskothek in der breiten Straße, die mitten auf das Kaiser-Denkmal zuführte, in der Pnom Peng. China hatte er verlassen müssen, weil in seinem Ausweis stand, er wäre schwul, und das hatten die Chinesen nicht gerne, sie bekamen es mit der Angst zu tun, dieser große, ungeschlachte Kerl!

72

Der Hinweis auf seine angebliche Homosexualität war zustande gekommen, als ihn Machthaber an der chinesischen Mauer stehen sahen und pinkeln: eine Frechheit! Daraufhin mußte er die chinesische Mauer streichen, aber nur zur Hälfte, weil sie sehr lang ist, und die Polizisten vergewaltigten ihn. Danach stand für die Chinesen fest, er wäre doch schwul, bloß weil der Kommissar den Braten gerochen hatte und lieber nachgegeben hatte, anstatt seine Muskeln verkrampft anzuspannen. Dieses Erlebnis steckte er jedoch cool weg wie alles Schlimme, was in seinem Leben passiert war. Sie konnten ja nicht anders, was hatten sie denn gegen ihn sonst für eine Waffe.

Oh Gott, Singapur liegt ja in Malaysia! Als der Kommissar auf die Weltkarte guckte, die im Disko-Eingang als Wandschmuck angeklebt war, bemerkte er es! Zu spät, hier in Pnom Peng hatte er kaum Möglichkeiten, schnell nach Malaysia zu kommen. Vielleicht über Land, mit einem der hier so vollen Waggons Mitreisender. Er tanzte den ganzen Abend mit der Blondine und ging anschließend mit ihr aufs Zimmer. Im Hinterhof gab es Zimmer für die, so dachte er, Tänzer, die nach gelungenem Tanzabend etwas müde waren und sich zusammen mit ihren Partnerinnen ein wenig ausruhen wollen und vielleicht für den nächsten Tag ein paar Tanzschritte besprechen wollten. Fehlanzeige. Als der Kommissar mit der Blondine auf dem Zimmer angekommen war, zogen ihm sofort ein paar dunkle Gestalten die Hose runter, rissen ihm die Jacke über den Kopf, so daß er nichts sehen konnte, und die Blondine riß sich die Perücke vom Kopf und wurde plötzlich ein böser, wild dreinschauender

Gesell. Die Typen filzten den armen Kommissar Schneider von oben bis unten. Es war fürchterlich, sogar seine Haare, weil sie dachten, es handelt sich um eine dieser begehrten Ausländerperücken. Sie rissen ihm fast alle Haare vom Kopf! Erst als der Kommissar einen Griff aus dem Judo, den er aber vorher vor Schreck vergessen hatte, auftischte und einen der Leute plattwalzte und ihm den Arm ausriß, bekamen die anderen Angst. Sie flohen hopsend, weil allesamt Stöckelschuhe anhatten, über den Flur des Hinterhauses, auch der mit dem Arm. Der Kommissar warf ihm den Arm nichtssagend hinterher, aber der Kerl hob ihn noch nicht einmal auf. Er war es wohl gewohnt, etwas zu verlieren. Ein Spieler. Viele spielen dort. Es geht dann um Geld und Macht. Manchmal auch um Frauen.

Auf dem Flughafen roch es nach ausgelaufenem Kerosin. Kommissar Schneider hörte das nicht. Er zündete sich eine Zigarette an, eine dieser Kräuterdinger, die von Hand gedreht werden. Mit dem Mantel über den Arm gehängt sog er den Qualm äußerst professionell ein, wie er das so oft im Fernsehen bei den Drogenbaronen in den kolumbianischen Verstecken in den Serien abgeguckt hatte. Dann spuckte er dünn und pfeilschnell auf seinen linken Schuh. Schnell war ein Schuhputzer in der Nähe, der nur darauf gewartet hatte. Ohne zu fragen machte er sich an Kommissar Schneiders Lacklederschuhen zu schaffen. Dabei raunte er ihm unverständliche Dinge zu. Vielleicht will er angeben, meinte der Kommissar zu sich selbst, um zu demonstrieren, daß er noch mehr auf der Kante hatte als Schuheputzen, vielleicht einen Schwager, der ihm ne Nutte besorgen kann oder Heroin. Der Kommissar sah sich schon im Geiste die Verhaftungspapiere ausfüllen für den Schuhputzer, da war der schon wieder über alle Berge, und seine Schuhe blinkten in der Abendsonne, die untergehend sich zum Schlafe fertig machte, dabei den Flughafen in ein knallig oranges Licht tauchte. Ein Regenbogen hatte sich gebildet, hoch über der Stadt, es hatte wohl auf der anderen Seite der Halbinsel geregnet, während hier die Sonne schien, kein Wölkchen. Wetterphänomen, dachte der Kommissar.

Aus irgendeinem Grund war der Kommissar nicht sicher, wo Kambodscha und Vietnam aufeinandertreffen, und er wollte eigentlich ganz woanders hin. Die Landessprache war ihm nicht bekannt, da wo er sich zur Zeit aufhielt, wurde er immer in Englisch angesprochen und manchmal auch angespuckt. Er war einsam. Allein stand er nun auf dem Flughafen von Pnom Peng und dachte an seine Frau. Wie schön es jetzt wäre, wenn sie auch dabei wäre. Er könnte ihr die Leute zeigen und die Gebäude. Ganz zu schweigen von seiner Art, sich mit den Menschen in den fremden Ländern zu unterhalten. Da kam eine Putzfrau auf ihn zugesteuert, mit einem fahrbaren Eimer, darin steckte ein Riesenmop. Gummihandschuhe trug sie auch. Zu spät sah der Kommissar die Maschinenpistole, die notdürftig unter ihrer Schürze geparkt war. Von mehreren Seiten eröffneten die Partisanen das Feuer. Kommissar Schneider mittendrin. Die Kugeln schlugen im gesamten Eingangsbereich in die Wände. Die angebliche Putzfrau warf dem Kommissar einen Molotow-Cocktail hin, der fing ihn mit den Zähnen auf, schaute kurz auf den Zünder und schmiß ihn noch über die Abflughalle gegen eine Solaranlage. Bumm, Stromausfall. Alles dunkel,

75

die Sonne war soeben untergegangen, und Kommissar Schneider konnte aufatmen. Die Partisanen waren zu feige, im Dunkeln zu agieren. Das Bundesamt für ausländische Staaten hatte ja vor Reisen nach Kambodscha gewarnt. Klar, der Kommissar war sich seiner eigenen Schuld bewußt. Na ja, er hatte ja nichts abbekommen, außer daß seine Frisur zerstört war. Der nächste Friseur an der nächsten Straßenecke wird es schon wieder richten.

»Wie lange haben Sie schon den Arm zerstört?« Die Satanskralle von Singapur saß beim Gefäßchirurgen. Ein gewisser Herr Doktor Kleinejochen. »Nix weiß. Los! By-Pass! Snell, snell! Hapa kaina zaite!« »Ja ja, ich mach ja schon. Schwester Herfried, kommen Sie bitte mal in die Praxis?!« Eine Sprechstundenhilfe oder so kam hereingeweht. Sie hatte ein aufmunterndes Lächeln. Und roch nach frisch gewaschenen Haaren. Der Typ mit der Kralle bemerkte es auch und wurde unruhig. Sie sollte sich nicht so öffentlich den Männern provozierend in den Weg werfen! Diese Meinung vertrat er an diesem Abend noch persönlich, als er nach der gelungenen ambulanten Bypass-Operation (ihm wurden zwei Bypässe in dem kaputten Arm gelegt, zur besseren Rückblutung und damit es sich nicht staut an dem Stumpf, denn dann würde die Kralle nicht mehr so locker aufsitzen und man könne sie kaum mehr bewegen) der Schwester Herfried im Park auf dem Nachhauseweg auflauerte, ihr bei Bewußtsein vor beide Schienbeine trat, mit voller Wucht, daß sie umfiel, als er sie psychisch quälte, indem er ihr sagte, sie sei ein Flittchen und potthäßlich. Die blauen Flecken an den Beinen schnitt er dann mit seiner Kralle weg, und danach rastete er völlig aus, schnitt und schnitt munter drauflos, bis von der Frau nur noch so eine Art Konfetti übrigblieb. Mit einem Laubbesen, den er hinter einer Absperrung fand, fegte er ihre sterblichen Überreste unter das andere Laub. Fertig. Die Ratten sollten sich um den Rest kümmern. Doch war er beobachtet worden. Von einer Schulklasse. Sie machten eine Nachtwanderung. Doch der Lehrer riet ihnen allen ab, sich irgendwie dazu zu äußern. »Es ist sowieso nicht mehr zu ändern!« Mit diesen Worten ging es weiter in die Nacht hinein. Schon nach wenigen Metern hörte man lautes Kinderlachen. Auf diese Weise versuchten sie, das gerade Erlebte zu verarbeiten. Auch eine Methode. Die Satanskralle von Singapur wollte nur noch weg. Immer diese Not-Morde!

Die Frau Kommissar Schneider lag in ihrem Bett. Der Mond schien direkt in ihr Schlafgemach hinein. Das Fenster war leicht geöffnet. Da geschah es: Der Kommissar Schneider flog, allerdings nur als Schemen, in das Haus hinein! Durch die wehende Gardine! Als Geist! Die Frau Kommissar und er selber verstanden sich auf die hohe Kunst der Telepathie! Aber daß es solche wundersamen Dinge heute noch gibt, gibt ihm manchmal selbst zu denken. Dann legte er sich zu ihr ins Bett, und sie hatten eine Unterhaltung, währenddessen er zweimal aufstand, um Bier zu holen. Sie dagegen ging einmal zur Toilette, um sich schönzumachen. Als sie am nächsten Morgen wieder wach wurde, war er weg. Der Geist war wieder in seinen Besitzer reingeflogen!

Der Kommissar selber wußte nichts von dem nächtlichen Erlebnis: Oder war es gar ein anderer? Er zermarterte sich das Gehirn, käme mal wieder der Nachbar in Frage? Plötzlich raste eine Art Raumschiff über den Asphalt, mit kreischenden Bremsen kam das Ding direkt neben dem Kommissar zum Stehen. Dann stiegen zwei Wesen aus, kaum zu erkennen, was das denn da war, mehr oder weniger eigentlich nur so eine Art Schleim. Graublau und äußerst schleimig. Aber hochintelligent! Sie sprachen alle Sprachen, die es auf der Erde gibt. Sie wollten mit Kommissar Schneider reden, doch der bemerkte sie nicht. Sie waren in einer anderen Dimension, allerdings hatten diese Wesen die unglaubliche Möglichkeit wahrscheinlich sogar selbst erfunden, sich mit anderen Wesen aus anderen Dimensionen zu unterhalten! Das muß man sich mal vorstellen, die konnten sich beispielsweise mit Ritter Kunibert unterhalten und gleichzeitig mit Elvis. Doch weder Ritter Kunibert noch Elvis würden davon etwas mitbekommen. Wie wollten sich denn dann diese Wesen mit ihren auserwählten Gesprächspartnern unterhalten?

Ich glaube, das führt zu weit.

»Einmal Fasson, sehr kurz!« versuchte der Kommissar sich dem Herrenfriseur an der Ecke verständlich zu machen. Das Ergebnis war eine Art Triumph des Willens – Frisur so à la Göring, nur noch kürzer hinten. Er konnte sich kaum im Spiegel wiedererkennen. Das war das Letzte! Er sah jetzt aus wie ein Geschichtslehrer aus den sechziger Jahren. Um dann aber auch wirklich nicht aufzufallen und dem Stil gerecht zu werden, kaufte er sich in einem Secondhand-Shop einen braunen, durchgefurzten, einreihigen Anzug und eine rehbraune Aktentasche. Da keine Flugverbindung nach Malaysia zu bekommen war, mußte der Kommissar tatsächlich mit der Eisenbahn nach Singapur. Und das noch während der Rush-hour! Zwölftausend Leiharbeiter aus Singapur schmissen sich bereits in den Zug, als er noch im Herannahen war! Darunter der Kommissar. Mit seinen Haaren und dem Anzug wirkte er so abschreckend auf die Mitreisenden, daß keiner neben ihm stehen wollte, also bekam er keinen Platz auf den Waggons, sondern mußte oben, mit einigen wenigen verwegenen, finster dreinblickenden Gesellen, auf den Dächern der vorderen Waggons Platz nehmen, wenn man es denn so nennen könnte. Mit einer Hand hielt er sich an einer Art Miniaturkamin, wahrscheinlich von der Toilette ein Luftauslaß, fest, um mit der anderen seine mittlerweile heißgeliebte Aktentasche festzuhalten, dabei flog er förmlich mit dem Fahrtwind fast flatternd waagerecht über dem Waggon, genau wie die meisten anderen. Einige konnten sich nach ein paar Stunden nicht mehr halten und fielen einfach ab wie tote Fliegen. Der Kommissar mußte seine Aktentasche dann immer wieder verteidigen, denn die Abfliegenden wollten sich mit letzter Kraft noch diese sündhaft teure Tasche an Land ziehen, daher bekam der Kommissar jetzt immer mehr eine richtige Beziehung zu der Tasche. Die armen Menschen, die runterfielen, waren auf der Stelle tot. Reisbauern pflügten sie einfach murrend unter die Scholle.

Endlich, nach zwei Tagen und vierzehn Stunden, kam der Zug zum Halten. Über und über mit Kotze bedeckt präsentierte sich der Waggon, auf dem Kommissar Schneider lag, als der einzige, auf dem sich noch Leute aufgehalten hatten. Alle anderen Waggons waren sozusagen leergefegt. Rasend schnell, noch während des Bremsmanövers des überladenen Zuges, leerten sich die Waggons, die Menschen sprangen – teilweise mit Handys am Ohr, um sich zu Hause schon zum Essen anzumelden, denn sie hatten alle so einen Hunger, weil es ja keinen Speisewagen gab, das heißt, es gab einen, aber das Eßbare war schon in den ersten zwei Stunden weggefressen worden, man überlege mal, zwölftausend Leute, meist Arbeiter, die sehr viele Kohlehydrate verbrauchen, also sogenannte Verbraucher, und dann dagegen nur sechzig Brötchen, vierzig mit Schinken, und einhundert Portionen Pfälzer Saumagen, billig von der deutschen Mitropa-Gesellschaft aufgekauft im Jahre 1989 – reihenweise zwischen die Gleise, manche trafen dabei zufällig mit den Schuhen einen nichtsahnenden Bahnhofsvorsteher, der gerade seine rote Lampe schwenken wollte.

Kommissar Schneider wartete, bis alle weg waren. Das dauerte nicht lange. Ein Lautsprecher warnte vor illegalen Zigarettengeschäften. Und: Ein großes Schild warnte die, die noch nicht in Singapur waren, davor, die Straßen zu verunreinigen, vor allem Zigaretten durfte man nicht achtlos wegschmeißen, auch auf der Straße rauchen war für Frauen nicht schicklich. Kommissar Schneider wollte das Gebot beherzigen und ging angenehm lächelnd in die Stadt hinein. Genüßlich sog er den fremden Duft von unbekanntem Grillgut unverhohlen ein. Hm! Lecker! Hähnchen? Mit Pommes? Er sah nicht die Schlangen, die sich zu

80

seinen Füßen räkelten, als er sich an einem Freßstand etwas Eßbares kaufte, eine Art Wurst. Er biß einmal ab und fuhr angeekelt hoch, sein ganzer Mund begann schlagartig zu verfaulen, so fühlte es sich an! Igittigitt! Was war denn das!?

Er hatte sich bei einem Fälscher einen falschen Paß besorgt. Der Fälscher war jetzt tot. Er hatte Geld gewollt, das gefiel ihm nicht. Mit der Kralle ging er ihm mehrmals durch den Bauch, riß ihm die Eingeweide heraus und trampelte darauf herum. Ja, er ließ sogar sein Opfer auch darauf herumtrampeln. Der dachte dann wohl, er könne noch sein Leben retten und der mit der Satanskralle würde ihn weiterhin verschonen. Doch das stachelte ihn nur noch auf! Nach dem Mord machte er sich diesmal die Mühe, die Leiche zu schultern und mit ihr einen langen Fußmarsch Richtung Flußmündung zu machen. Dort schmiß er sie ins Wasser, in der Gewißheit, daß sich die Welse um sie kümmerten. Die Donau war ja ein Eldorado für diese teilweise bis zu zwei Meter und fünfzig großen Tiere, es gab sogar noch viel größere, doch hatte sie bis dato noch keiner zu Gesicht bekommen. Dann stapfte er los und erreichte im Morgengrauen Linz. Jetzt war er in Österreich. Von hier aus mußte es eine bessere und geheimere Flucht in den Fernen Osten geben. Der Flughafen Wien war sein nächstes Ziel. Er stahl, nachdem er den Tag in Linz verbrachte hatte und sogar ein Eis essen war in der Stadt, einen Fiaker und rauschte gen Wien. Mittags hatte er in diesem Eiscafé gegessen an der Donau

81

und sich ein Eis mit drei Kugeln bestellt. APRIKOSE, BANANE, ERDBEER!

Frau Kommissar Schneider schaute auf ihre billige Armbanduhr. Allein dabei kam ihr schon die kalte Kotze hoch! Warum hatte ausgerechnet sie diesen Mann kennenlernen müssen, der ihr aufgrund seiner elendigen pekunären Lage nur eine Uhr aus dem Woolworth kaufen konnte zum vierzigsten Hochzeitstag!!! Sie schäumte vor Wut! Jedesmal, wenn sie auf diese Uhr guckte! Sie riß sie sich förmlich vom Arm und schmiß sie in hohem Bogen aus dem Fenster. Dann weinte sie und vergrub ihr Gesicht schluchzend verdeckt mit ihren Armen, eingepackt in ihren Polyester-Morgenmantel, auf dem Küchentisch. Sie wollte eigentlich frühstücken. Aber so war es jedesmal. Nur, wenn er zu Hause war, verkniff sie es sich. Es schellte an der Tür. Jetzt mußte sie schnell ihr Gesicht mit einem schon an der Spüle für diese Zwecke liegenden Lappen, der angefeuchtet war, waschen, um frisch zu wirken. Es kann ja der Postbote sein!
Und richtig, der Postbote, mit einem Einschreiben, merkwürdigerweise war der Absender ihr eigener Mann. Warum denn ein Einschreiben? Sie unterschrieb irritiert. Dann setzte sie sich wieder hin und öffnete den Brief. Das kann doch wohl nicht wahr sein! Was da vor ihr so harmlos wirkend auf dem Küchentisch lag, war der Scheidungsantrag! Der Scheidungsantrag des Kommissar Schneider, den er noch, bevor er wegflog, seinem Anwalt diktiert hatte! Jetzt flippte sie vollends aus! Sie riß alle Gardinen von den Stangen und trat

das Klo aus seiner Aufhängung, biß einfach unmotiviert von mehreren Seiten in das ganze Pfund Paderborner Landbrot, schmiß sich selbst gegen den laufenden Fernseher, bis dieser am Boden zerschellen mußte, und stellte den Herd auf allen Platten auf sechs! Und dann ging sie in den Keller und setzte sich in die Kartoffelkiste, dabei wählte sie auf dem Handy-Telefon die Nummer des Polizeipräsidiums, legte aber, bevor jemand dran ging, auf.

Unschlüssig stapfte sie wieder hoch in die Küche und setzte sich erst mal einen Kakao auf. Die restlichen Platten glühten schon rot, bevor sie sie dann doch ausmachte. Erst einmal zur Ruhe kommen. Vielleicht war es nur ein dummer Streich, und der Kommissar hatte den Brief gar nicht selbst diktiert, sondern der Lehrling des Anwalts. Ja, so mußte es sein! Sicher hatten die Eltern des Jungen versagt, die Erziehung. Oft ist die Erziehung an solchen Fehlverhalten schuld. Dieser Junge hatte sicherlich eine mangelhafte Erziehung genossen, vielleicht war die Mutter alleinerziehend, und der Vater kümmerte sich nur selten um den Knirps. Die Gedanken flogen nur so durch ihren Kopf. Oder sollte doch? Nein, sie wollte nicht daran denken. Nein! Nein, nein und nochmals nein! Das war gar nicht wahr. Sie zerriß den Brief und schmiß ihn in den Ofen. Dann zog sie sich an und machte sich zurecht für die Stadt. Sie wollte auf den Markt. Gurken kaufen für die Gesichtsmaske.

Es war zehn Uhr abends, die Straßen waren noch gut gefüllt mit herumstreunenden Passanten, die sich einen schönen

Tag gemacht hatten und jetzt müde vom Latschen ihre jeweiligen Hotels aufsuchten. Darunter auch der Kommissar Schneider, der irgendwo etwas Eßbares gefunden hatte, überbakkene Banane. Er selbst hatte noch keine Bleibe. Erst mußte er sich bei der Polizei sehen lassen und ihnen erklären, weshalb er hier in Singapur war. Dafür mußte er sich etwas einfallen lassen, einen triftigen Grund, der besagte, warum er vermutete, daß der Mann mit der Kralle, dieser für ihn Unbekannte ohne Namen, sich hier aufhielt, oder besser gesagt, warum der Kommissar fest mit seiner Ankunft rechnete. Für ihn war die Sache klar. Was er bisher von diesem Psychopathen wußte, war, daß er mit Sicherheit seelisch so verletzt war, daß er sich nach einem ausgiebigen Bad in der Menge sehnte, eine Art »Hallo! Da ist er ja! Wo stecktest du denn so lange!« und so weiter. Dies würde für ihn ein Erfolgserlebnis bedeuten, und der Kommissar war sich sicher, daß er da, wo er aufgewachsen war, ein paar Menschen kannte, die ihn vielleicht respektierten. Weil sie nicht wußten, was mit ihm war, oder weil sie gerade dafür verantwortlich waren, was nun mit ihm geschehen war. Es wird ja keiner so schlecht auf die Welt geboren. Das kommt erst später hinzu, wegen der Lehrer, und vielleicht hatte er eine Schwester, die immer alles besser konnte in der Schule. Oder in Sport hatte er, für ihn unverständlich, eine Fünf bekommen für Schwebebalken. Oder daß er gar keinen Schwebebalken machen wollte, weil er sich doof vorkam vor den anderen, und vom Lehrer gezwungen wurde! Dieser Lehrer war bestimmt noch am Beben! Den hatte er sich bestimmt als letztes, großes Opfer ausgesucht, der war für sein ganzes Leben verantwortlich aus der Sicht der unbekannten Person.

84

Ziemlich schlapp ließ sich der Kommissar in die Matratze fallen. Hunderte von Wanzen sprangen weg, die Bettdecke war voll von ihnen. Dem Kommissar wars egal. Wanzen. So ein Quatsch. Eine Schlange kroch aus der Ritze in der Wand, an der der Spülstein war. Sie kroch auf das Bett zu. Doch Kommissar Schneider schloß müde die Augen und versank in einen zwei Tage dauernden Schlaf.

Karge Gegend. Mehr Stein als Grün. Die Alpen südlich von Tirol. Das große Flugzeug flog in einer großen Höhe über das Massiv. Von oben konnte das geübte Auge sogar Gemsen entdecken, die mitten auf dem steilen Felsen nach Futter suchten. Der Wildhüter legte, wenn der Winter nahte, mit ein paar Helfern Futter aus für diese scheuen, wilden Bergtiere. Am liebsten aßen sie knuspriges Heu. Und Kastanien. Oder manchmal auch Kastanienmännchen, von Schülern der Dorfschule zusammengetragen, kleine Kunstwerke, die auseinanderzunehmen nicht lohnte und die aber auch keiner mehr haben wollte, also warf man sie den Gemsen zum Fraß vor. Das konnte auch mal einer Gemse starke Probleme bereiten, denn die Kastanienmännchen waren mit Zahnstochern zusammengesetzt. Im Magen konnten diese kleinen spitzen Hölzchen für kleine Löcher sorgen. Der Höhenmesser gab plötzlich den Geist auf. Irgend etwas war merkwürdig, die Männer im Cockpit begannen, sich unsicher anzuschauen, denn auch die Höhenruder versagten, als sie die Maschine, also den »Vogel«, höher ziehen wollten ...! Dann gab es eine mittlere Explosion. In der ersten

Klasse hatte sich ein Student aus Lima in die Luft gesprengt! Ein Sprengstoff-Selbstmordanschlag mit bösen Folgen! Das Flugzeug zerschellte am nächsten Berg. Die ganze Nacht brannten die Triebwerke. Zerfledderte Stuhlreihen wiesen den Rettungshelfern den Weg in eine völlig unwegsame Gegend. Alles war von Gletscherspalten durchzogen. Es gab keine Überlebenden. Offiziell. Doch als die Helfer abrückten, mit leeren Händen, da kroch aus einer Thermobox für Großhunde, die hinten unter dem Flugzeug im Ladedeck festgeschnallt gewesen war und sich aufgrund des Aufpralls losgerissen hatte, eine Gestalt. Gegen den aufgehenden Mond hob sich die Gestalt riesig ab, und als sie sich zur Seite drehte, sah man eine fiese Kralle sich erheben. Doch keiner sah ihn, den Kerl mit der Kralle. Die Satanskralle von Singapur hatte mal wieder mehr Glück als Verstand gehabt. Frierend sprang der Unbekannte die Schluchten herab ins nächste Dorf. Ein weiter Weg.

»Sie werden den größten Ärger bekommen! Machen Sie sich auf etwas gefaßt! Mein Mann ist Kriminalkommissar!!« Frau Kommissar Schneider verließ wutentbrannt den Friseursalon. Das war ja der letzte Scheiß! Und so was macht auch noch Werbung in der Frauenzeitschrift! Sie hatte sich am Computer eine schöne Frisur ausgesucht in dem Salon, und daraufhin schnitt ihr ein Lehrling die Haare. Und färbte sie. Und das war zuviel! Bonbonrosa und mit einer sportlichen Kurzhaarfrisur auf dem wütenden Kopf stieg Frau Kommissar in ihren schnittigen Wagen und fetzte los, daß es nur so

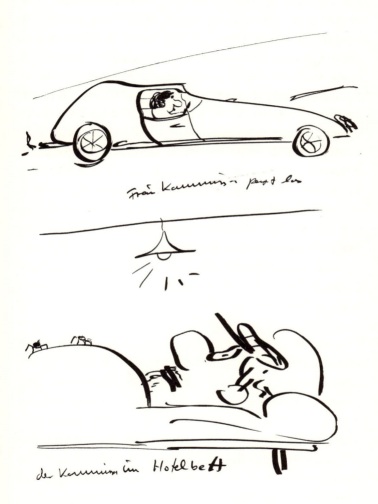

spritzte. Es regnete in Strömen. Sie hatte eine Plastikhaube auf. Sie stieg aus dem Wagen und wurde klatschnaß. Die Plastikhaube flog beim ersten Windstoß weg. Die Haare flossen aus, die gesamte Farbe lief ihr an dem Übergangsmantel von Karstadt herunter. Auch hingen die Haare in kürzester Zeit wild durcheinander, und ihr Kajal um die Augen verwischte total. Sie ging in den Kindergarten rein und rief laut den Namen ihres Enkels. »Rolf! Rolleff! Oma ist da!« Die Kinder rannten schreiend weg von ihr. Ziemlich sauer und beleidigt stellte sie anschließend die Kindergartenleiterin zur Rede. Die Kinder hätten sie angegriffen. Und dafür müßten sie bestraft werden. Am besten mit Haue. Der kleine Rolf kam schüchtern an. Die Oma war ihm immer irgendwie suspekt. Er schnappte sich seinen kleinen Rucksack vom Haken und seinen Anorak und hielt sich am Händchen der Frau Kommissar fest. Dann verließen sie den Kindergarten. Draußen, wo niemand mehr die Frau Kommissar sehen konnte, nahm sie den linken Arm des Jungen hoch, so daß er die Beine strecken mußte, um am Boden zu bleiben, und haute ihm zweimal fest mit der anderen, flachen Hand auf den Popo! Das wars. Sie schaute sich um, ob niemand was mitbekommen hatte, gab dem Jungen zwei Euro und schickte ihn weg. Es war nämlich gar nicht ihr Enkel, aber sie hatte mit dem kleinen Knirps, der ja zwei, drei Häuser weiter wohnte wie Kommissar Schneider und seine Frau, eine Abmachung. Sie wollte auch mal so eine Art Oma sein. Das hatte sie sich verdient. Dem Jungen schadete das nicht sonderlich. Er wurde ja auf diese Weise reich.

Kommissar Schneider schlug die Augen auf. Das Zimmermädchen legte ihm neue Handtücher hin, obwohl die alten noch gar nicht benutzt waren. Das war dem Kommissar nicht recht. Er verteidigte seine alten Handtücher und erreichte, daß er wenigstens eines behalten durfte. Dann wollte die Frau staubsaugen. Das ließ der Kommissar widerwillig zu, denn es machte einen Mordsradau. Während sie also um das Bett herum saugte, wusch er sich auf der Toilette. Ein Bad war nicht vorhanden. Für umgerechnet vier Pfennig (ca. zwei Cent) pro Woche kann man auch nicht mehr verlangen. Wenn er sich duschen wollte, kauderwelschte ihm die Alte, solle er sich an der Rezeption Duschmarken kaufen und in den zweiten Stock gehen, da sei eine Gemeinschaftsdusche. Diese wurde allerdings anscheinend niemals saubergemacht, wie der Kommissar entsetzt feststellte, nachdem er halb nackt und mit seiner Hose über dem Arm hatte das Wasser erst mal laufen lassen, um angewidert festzustellen, daß mehrere Fremdfrisuren langsam aus dem Ausfluß nach oben sickerten und seine Füße alsbald von einer feinen Schicht Schleim und Haaren umhüllt waren. Igittigitt.
Erst einmal wollte sich der Herr Kommissar Schneider in der Stadt etwas umschauen. Er hatte sich einen Stadtplan besorgt. Doch fand er die Allee des hundertfünfzigsten Kaisers nicht. Sie muß doch da sein, hier im nördlichen Teil der Altstadt! Verdammt, wieso hatten die ihm denn in der Fremdeninformation einen Stadtplan von Berlin von 1972 verkauft! Das waren doch noch alte Straßennamen im Ostteil! »Und mit Singapur hatte das rein gar nichts zu tun! Wutentbrannt schmiß er den zerknüllten Plan der nächsten fahrenden Straßenbahn hinterher. Please, papers! Come on,

89

motherfucker!!« wurde er daraufhin urplötzlich von hinten
hinter seinem Nacken angebrüllt! Ein Schutzmann mit Pickel-
haube! Jetzt war er erst mal unter Arrest und mußte bis zur
Verhandlung im Hauptgefängnis der Stadt warten. Ob er
einen fairen Prozeß bekommen sollte?

Der mit der Kralle ging nichtsahnend über eine Straße. Links
und rechts erklommen hohe Berge den Himmel, schneebe-
deckt bis zur Baumgrenze. Hier im Tal wuchsen schon die
Maiglöckchen. Da sprangen ein paar emsige Typen herum.
Sie hatten verschiedene Gerätschaften dabei, ein Wagen
mit geöffneter Hintertür schlich langsam hinter einem Fuß-
gänger her, der sich etwas überlaut mit einer Dame unter-
hielt, die auch ihres Weges ging. Dann schrie jemand: »Cut!«,
und plötzlich kam Leben in die Gestalten. Der eine rannte zu
dem Mann, der gerade noch gesprochen hatte, dann auf
dieses Kommando sich sofort lockerte und mitten im Satz
aufhörte zu sprechen, die Dame ging auf eine andere Frau
zu, die ihr sofort, ohne etwas zu sagen, etwas ins Gesicht
schmierte. »Danke«, war die Erwiderung der Dame, die sich
wieder herumdrehte und jemanden, der vorher gar nicht zu
sehen gewesen war, fragend anschaute, um von ihm trö-
stend in den Arm genommen zu werden mit den Worten:
»Das machen wir gleich noch mal!« Ein Film wurde gedreht.
Die Leute waren völlig abwesend, so schien es auf jeden
Fall. Dann plötzlich ließen alle alles liegen und stehen und
begaben sich zu einer Art Tapeziertisch, um die Brötchen,
die gerade noch darauf gelegen hatten, in Sekunden-

schnelle ratzekahl wegzufressen. Es roch nach starkem Kaffee, und einer zündete sich eine Zigarette an, daraufhin auch alle anderen, bis auf zwei, das eine war wohl der Regisseur, der andere der Hauptdarsteller, dessen Spiel den Regisseur nicht sonderlich mitriß. »Du mußt infantiler auftreten, ich habe es dir doch nicht zum ersten Mal gesagt? Du verdammtes Stück Scheiße! Hier, so geht das!!« Und er machte dem völlig verwirrten Schauspieler vor, wie infantil ist. Der Schauspieler rief plötzlich: »Mach doch deinen Scheiß alleine, du Tyrann! Ich habe es nicht nötig, so ein Kasperl-Theater zu machen! Ich bin Isaak Swansky! Und du bist eine Null! Nichts! Luft!« Dann riß er sich die Perücke vom Kopf, schmiß sie auf den Boden in die Matsche und stratzte ab in Richtung einer schon wartenden Limousine.

Der Kommissar stand am Pissoir. Er konnte nicht. Die anderen Gefangenen machten sich schon über ihn lustig. Einer kam ganz nah. Er wollte dem Kommissar helfen, seinen Pipimann zu halten, denn er dachte, Höflichkeit sei auch im Knast eine schöne Sache. Der Kommissar aber verstand diese nette Geste miß und ging mit geöffnetem Hosenlatz einen Schritt seitwärts. Das wiederum gefiel dem Typ, der freundlich sein wollte und sich nun abgewiesen fühlte, überhaupt nicht gut. Er zog dem Kommissar mit dem Frühstücksbrett eins über. Eine Platzwunde. Ein Zweiter kam dazu und haute dem Kommissar seinen Kopf gegen den Brustkorb, ohne was zu sagen. Jetzt kam es bald zu einer Massenschlägerei. Das ist üblich im Knast. Man kennt das aus Filmen mit

James Cagney und Humphrey Bogart. Der Kommissar allerdings tauchte in einem günstigen Moment unter und mischte sich unter die Wächter, die jetzt auch gründlich mitmischten. Dabei stahl er heimlich eine Uniform, die jemand der Gefangenen gewaschen und getrocknet und gebügelt hatte, zog sie sich über die Untersachen, denn er hatte nur seine Untersachen anbelassen bekommen, das muß man sich mal vorstellen! Und mit dem Schlüssel, der einem der Wärter während des Kampfes aus der Tasche gefallen war, machte er sich aus dem Staub. Schnell in die Straßenbahn und im hinteren Waggon erst mal umgezogen. Eine alte Frau saß als einziger Fahrgast in den hinteren Reihen, es war ja schon spät. Er zwang sie, mit ihm seine Klamotten zu tauschen. Dann sprang er aus der fahrenden Bahn, nachdem er die alte Frau mit Sekundenkleber auf den Sitz festgeklebt hatte. Noch lange sah er sie mit den Armen fuchteln. Aber keiner interessierte sich dafür.

»DAS AUPAIRE-MÄDCHEN UND DAS BIEST« hieß der Film, in dem nun die Satanskralle von Singapur nach langen Verhandlungen mit der Produktionsfirma die Hauptrolle spielte! Unglaublich, aber wahr! Da er kein Wort verstand und auch keiner ihn verstehen konnte, war es nachher ein leichtes, seine Mundbewegungen zu synchronisieren. Perfekt. »Perfekt!« war der Lieblingsausruf des Regisseurs, der geradezu verzückt war von dem draufgängerischen Talent des Neuen. Auch bei den Mädchen in der Filmriege war er gern gesehen mit seiner Kralle. Er konnte sie verrückt machen und

fuchtelte immer gern vor ihren Augen mit seinem Arm-
stumpf herum, leckte sich dabei mit der Zunge gekonnt
über die Unterlippe. Und essen konnte er für drei. Allein
dadurch wurde er in kürzester Zeit der Sunnyboy und belieb-
teste Darsteller in der Crew. Alle fanden ihn sehr lustig. Sie
nannten ihn »Onkel Klo«, weil er immer oft aufs Klo mußte.
Dort versuchte er, sich zu entspannen. Er saß stundenlang
da und brillierte mit einer bisher nie derart dagewesenen
Abwesenheit. Auch das war im Sinne des Regisseurs, so
konnte er doch selber noch etwas glänzen vor seinem Personal. Mal hier ein Witzchen, mal da eine Standpauke für den
Kameramann, der alles jetzt natürlich noch mal neu drehen
mußte. Auf eigene Kosten, versteht sich. Denn Film ist teuer.
Und deshalb so gut. Bei Liebesszenen mußte der Krallenmann leider zu seinem Bedauern gedoubelt werden, denn
man hatte Angst, daß er sich irgendwie verletzt. Doch versuchte er immer wieder, plötzlich doch mitzumachen. Das
fanden dann alle besonders irre, und sie lachten viel. Die
Satanskralle von Singapur jedoch fühlte tief in sich drin
einen bis dahin unbekannten Schmerz. Er haßte sich. Doch
wußte er es nicht. Die Pipeline aus Pappe, wie konnte er die
vergessen haben! Immer noch hatte er diese wahnsinnige
Erfindung ausschließlich in seinem Gehirn bewahrt, ge-
schützt vor Plagiaten und Diebstahl, es gab keinerlei Zeichnungen oder ähnliches. Nur die Behörden in China, die ihm
den langen Zuchthausaufenthalt eingebrockt hatten, hatten ihn etwas auspressen können, aber zu gering, als
daß einer ihrer Wissenschaftler auch nur ein Fitzelchen
damit hätte anfangen können. Noch nicht einmal das Wort
Pappe war über seine Lippen gekommen, auch im Gehirn-

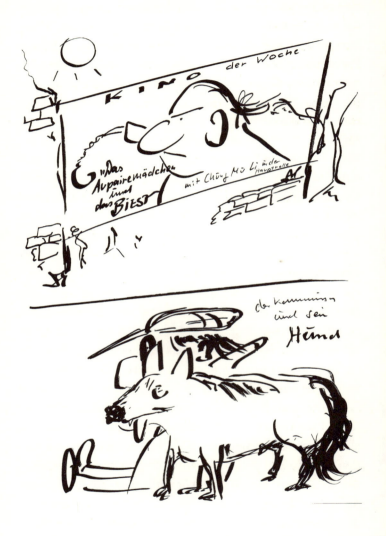

Analysen-Sekret, das ihm die Ärzte gespritzt hatten, um Informationen auf natürliche Weise zu bekommen, konnte letztendlich keiner lesen, was gemeint war. Relativ sicher war er sich jedoch nicht, daß er, wenn er in irgendeinem Land dieser Erde geschnappt würde, vielleicht doch umfallen würde. Doch jetzt fühlte er sich noch stark, kein Wunder, seine Filmkollegen feierten ihn bereits als den neuen Heinz Rühmann!

Der Kommissar mußte sich etwas einfallen lassen. Um in Singapur zu bleiben, damit er auf die Satanskralle warten konnte, denn er war sich unbedingt sicher, daß dieser hierhin zurückkommt, mußte er eine vorübergehende Gesichtsveränderung vornehmen. Und zwar ganz alleine, denn er konnte niemandem trauen. Die Stadt steckte voller Spitzel und Spione. Ein Wespennest. Jeder Melonenverkäufer konnte gleichzeitig der Bruder des Präsidenten sein. Jeder Strumpfverkäufer die verkleidete Schwester von Saddam Hussein oder einem anderen Despoten. Der Kommissar Schneider schnitt sich die Wangen vor dem Rasierspiegel längs auf und füllte sie mit Gehacktem, nähte, oder besser gesagt klebte die Schlitze zu und hatte nun ein etwas volumigeres Äußeres. Dann steckte er sich unter die Augen in die Tränensäcke Walnüsse, damit er einen durchdringenderen Blick hatte und genauso geheimnisvoll aussah wie Hans-Jürgen Wussow. Mit einem deutschen Schäferhund, den er sich von einem Spezialitäten-Restaurant freigekauft hatte und den er als Blindenhund angeblich mit sich führte, an einer

Art weißem Lederjoch geführt, konnte er sich nun unter den Millionen Menschen der Riesenstadt frei bewegen, und hinter seiner Sonnenbrille glitten seine munteren Äuglein von einer zur anderen Seite der Straße. Ab und zu wurde er angerempelt und ärgerte sich dann in einer Phantasiesprache, damit keiner merkt, daß er Deutscher ist.

Die Erde war von einer bläulich schimmernden Schicht umgeben. Hoch am Himmel zog ein riesiger Vogel seine Bahnen. Es war Mitternacht, doch es wurde nicht dunkel. Nur ein leichtes Grünlichgrau lag in der Luft. Totenstille. Das Wasser schien sehr tief zu sein an dieser Stelle. Ein tiefes Schwarz ließ nichts, aber auch gar nichts erkennen, was eine ungefähre Tiefe beschreiben könnte. Keine Woge, keine Bewegung, nichts, spiegelglatt. Der Horizont war unendlich weit. Kein Geruch. Nichts. Keinerlei Geräusche, nur die Schwingen des riesigen Vogels waren zu spüren, kaum als Geräusch, mehr als Zustand. Die Erde war unbewohnt. Außer diesem Vogel. Er hatte eine Spannweite von circa sechs Metern. Oder mehr. Es gab keine Vorgaben. Keine Gesetze, nur das der Sonne, die untergehen wollte, aber kein Ende fand. Sie war überall. Die Erde war gerade erst zweitausend Jahre alt. Der Riesenvogel hatte sich verirrt, er kam vom Planet Pluto und war nicht mehr zu retten, denn ihm fehlte der auf Pluto sehr reichhaltige Stickstoff auf der Erde. Er flog noch ein paar Runden und stürzte dann ins Meer. Seine Leiche trieb monatelang im Wasser. Durch die im Meer ständig existente Photophorese und durch die

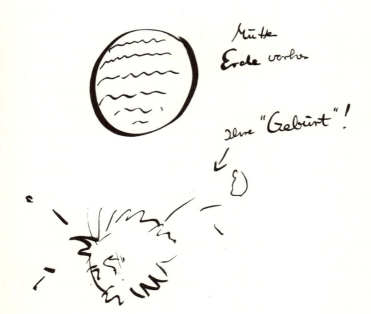

dazugehörige Sonneneinstrahlung, und damals war die Sonne noch jung und heftig, entstanden aus dem Kadaver des Vogels zuerst milbenähnliche Horntiere und später aus diesen schwimmfähige, mikroskopisch kleine Kraken mit zwei Armen. Die Enden ihrer Körper verdickten sich an zwei Stellen, und nach Jahrtausenden wuchsen aus diesen Enden kleine Beinchen. Füße gabs noch nicht. Dann begannen diese Tierchen an Land zu gehen, weil sie nicht nur im Wasser leben konnten, denn die Erde drehte sich sehr schnell, und das Wasser der Meere, das ja bekanntlich vormals ein einziges Meer war, war ohne Strände und so stellenweise verebbt, so daß Land in Sicht kam. Und diese Tierchen waren einfach neugierig, dieses Land zu untersuchen. Es begann die Wanderung der Siten. Parasiten sind nicht mit ihnen verwandt, obwohl man es meinen wollte. Die Siten bestanden aus einem fischähnlichen Teil, zwar keine Flossen, aber eine Gräte, die war außen am Körper, und aus einem säugetierähnlichen Teil, eine Brust gab es auch. Doch so etwas wie eine normale Geburt konnten diese Tierchen noch nicht. Dafür mußte erst mal ein Männchen geschaffen werden. Diese Tierchen waren so intelligent, es jedoch der Evolution zu überlassen. Sie starben erst mal aus, um dann im Tertiär voll durchzuhauen! Lungenfische! Die ersten Menschen!

»Ich hätte gerne eine schöne Portion Eis, und zwar Aprikose, Banane und Erdbeer, ohne Sahne!« Die hübsche Kellnerin schrieb die Bestellung auf und fragte der Reihe nach an den Tischen herum, wer noch was haben wollte. Der Kommissar warf aus Versehen ein Glas Tee vom Nebentisch, als er seinen Mantel auszog. Der Tee war kochend heiß, und der Gast verzog keine Miene, als er ihm über die Hose schoß. Er war ausgebildeter Karatekämpfer und hatte alle Gurte. Nett sprach er den Kommissar an, auf deutsch, denn er hatte ihn sofort erkannt. »Guten Tag, Herr Kommissar Schneider, ich kenne Sie! Ich war ein paar Jahre in Deutschland bei der GSG 9, der Truppe um General Bodo Wegener, diesem tollen Hecht! Ich war Leutnant im ersten Grad, allerdings nur Büro. Ich darf mich vorstellen, mein Name ist Tsch en Lai. Ich stamme von den ostfriesischen Inseln, aber meine Eltern sind chinesischer Herkunft, allerdings mein Vater aus Polen mit belgischem Paß, meine Mutter war Ehrendoktor in Braunschweig auf der Universität, sie ist gebürtige Amerikanerin, die Oma ist Schweißer bei Mannesmann, ich habe hier in Singapur ein kleines Juweliergeschäft. Wollen Sie ein Armband?«

Das alles klang dem Kommissar zu zufällig! Er tat so, als könne er nichts sehen, verwies auf seinen Blindenhund und sagte: »Platz!« Mehr nicht. Der fremde Gast wußte jetzt nicht mehr, was er sagen sollte. Er bezahlte seinen Tee und wollte gehen. Doch der Kommissar raunte ihm zu: »Seien Sie vorsichtig. Der Hund. Er hat es nicht gerne, wenn jemand, den er ins Herz geschlossen hat, gehen will.« Voller Angst blieb der fremde Gast, der angeblich bei der GSG 9 gewesen sein wollte, sitzen. Als der Kommissar nach vier Stunden endlich aufstand, konnte auch er gehen. Er hatte sich den ganzen Stuhl bepinkelt, denn vor lauter Angst ist er nicht aufs Klo gegangen.

Die Produktionsfirma war etwas verwundert über den Wunsch ihres neuen Superstars, einmal eine einfache Flugkarte nach Singapur für ihn zu bestellen. Auf die Frage, warum denn nur einfach, ob er nicht zurückwolle, antwortete der mit der Satanskralle selbstbewußt, er könne ja zurückrennen oder mit dem Fahrrad fahren. Und die Premiere wäre ja sowieso im Fernen Osten. Die Produktionsfirma hatte sich Manila auserkoren, dort gibt es das größte Kino der Welt. Sie dachten, endlich den ganz großen Coup mit der Herstellung dieses Liebes- und Kampffilms gelandet zu haben, und investierten gehörige Gelder in die Werbung. Weltweit wurde das übergroße Portrait des Krallenmannes an Litfaßsäulen geklebt. Damit hatte die Satanskralle von Singapur nicht rechnen können! Jetzt war er auf der ganzen Welt wie ein Riesensteckbrief anzusehen! Ob ihm so die Häscher auf die Spur kommen würden?

Als Kommissar Schneider mit seinem Blindenhund über die Straße wollte, versperrte ihm ein großer Lastwagen den Weg. Er mußte warten, bis der Fahrer das Monstrum in Bewegung setzte und weiterfuhr. Dann gab die nun leere Fahrbahn dem Kommissar den Blick auf die gegenüberliegende Seite frei. Und jetzt wollte er seinen Augen nicht trauen: Auf einer riesigen Plakatwand prangte förmlich das Gesicht eines Mannes, der dem Kommissar plötzlich sehr vertraut war. Dieser Blick, diese Frisur, wo hatte er das schon einmal vorher gesehen? Oder war es ein Déjà-vu-Erlebnis?

100

Oder ein böser Traum? Als er an der Plakatwand mit seinen Augen entlangfuhr, natürlich heimlich, heimlich wegen seiner angeblichen Sehbehinderung, strampelte er aufgeregt mit dem Bein auf dem noch dampfenden, frisch geteerten Straßenstück herum. Konnte er denn nicht lesen? Der Bauarbeiter kam armfuchtelnd auf Kommissar Schneider zu und stieß ihn einfach weg, runter von dem frischen SS-Asphalt. Der deutsche Schäferhund gab Laut. Mehrmals. Der Arbeiter trat mit dem Arbeitsschuh auf ihn ein. Der Kommissar hieb ihm mit bloßer Faust hinten in den Nacken, so daß er vornüber und auf den Hund schoß. Dieser drehte sich um, und scharf, wie er war, biß er dem Arbeiter die Kehle durch. Der Arbeiter ging noch einige wenige letzte Schritte und fiel um. Tot. Kommissar Schneider schaute sich arglistig zu allen Seiten um, ob ihn jemand gesehen hätte. Nur der Dampfwalzenfahrer schimpfte aus seinem kleinen Kabuff hoch oben auf dem Fahrzeug. Er schickte sich an, herabzuspringen, um den Kommissar anzugreifen. Der Hund riß sich los und schoß auf den Dampfwalzenfahrer zu, warf ihn mit seinen Vorderfüßen noch im Sprung zu Boden und machte sich wütend über ihn her. Dabei kam kein Laut aus seinen weit mahlenden, hervorragend bestückten Kiefern. Nur eine Art Malmen.

Kommissar Schneider hatte sich das Plakat abgerissen und mehrmals zusammengefaltet in den Mantel geschoben. Dann ging er zu seiner Schlafstelle und setzte sich auf den Boden. Er war jetzt mehrere Tage nicht dazu gekommen, sich zu rasieren, hatte bereits einen Vollbart, auch hatte er sein Hotel verlassen müssen, wegen Einsturzgefahr. Er hatte sich unter einer Eisenbahnbrücke ein Lager bereitet,

101

zusammen mit Schafen, die hier an dieser Stelle von einem Türken gehalten wurden zum Schächten.

Frau Kommissar Schneider saß im Polizeipräsidium und weinte. Seit Tagen war kein Telegramm ihres Mannes mehr hier eingetroffen. Was war nur passiert? Der Polizeipräsident saß da mit seinem Billardstock, der im Hals steckte. Er war 1994 einem Attentat zum Opfer gefallen. Ein Verrückter hatte ihm einen Billardstock ins Essen getan. Dieser Billardstock konnte, nachdem er ihn unbeabsichtigt heruntergeschluckt hatte, nicht mehr entfernt werden. Die Wunde wäre zu groß gewesen, so hätte er verbluten müssen. So hatte er zusammen mit den Ärzten entschieden, er bleibt drin.

Es war soweit. Die Zeitrechnung wurde eingeführt. Bonifatius der Erste war ja bekanntlich an einem Leberschaden früh gestorben. Der Alkohol. Der nächste Papst hieß Hans-Günther Westhoff. Künstlername: Giacomo. Papst Giacomo saß auf seinem Thron und fing Fliegen mit dem halbgeöffneten Mund. Die erste Uhr wurde hereingebracht. Es handelte sich um eine Art Sanduhr, aber ohne Sand, dafür mit Kartoffelschalen, die langsam durch eine Verengung fielen, aus einem großen Eimer. Die Verengung ließ immer nur eine Schale durch. Die untere Seite war ein Eimer. Der wurde schnell voll, die Uhr war in circa zwei Minuten leer und mußte umständlich umgefüllt werden, denn noch keiner war auf die Idee gekommen, die Uhr einfach umzudrehen. Der untere Eimer wurde nach oben gereicht und schnell entleert, dann wieder nach unten gestellt. Dabei verlor die Uhr immer wieder mal eine Kartoffelschale. Davon lebte der Rehpinscher des Papstes, er fraß sie auf. Man konnte also sagen: »Der Pinscher frißt die Zeit!« Was für ein Ausspruch! Aber den Leuten in dieser Zeit fiel das gar nicht sonderlich auf, denn sie hauten ausschließlich solche Sprüche raus. »Kommt das Tal, kommt der Berg!« Oder: »Mittags ist die Rille im Kloß!« Wahrscheinlich hatte das mit der starken Hitze des Mittags zu tun und der Erscheinung, daß dann vielleicht ein Hefekloß antrocknet und dann in der Mitte eine Art Ritze entsteht, vor Trockenheit.

Zurück zur Gegenwart. Ich habe bewußt in meiner Erzählung die vorher beschriebene kleine Geschichte eingefügt, wie auch den Blick auf die noch junge Erde ein paar Zeilen davor. Dem Leser wird dies zunächst einmal befremdlich vorkommen. Jedoch der wahre Grund meiner ausführlichen Beschreibungen ist der, daß sich alles, was wir seit unserem ersten, nicht ganz genau zu bestimmenden Ich-Denken erfahren haben, sich im Laufe eines Lebens von selbst erklärt, allerdings nur in der Form, daß wir Menschen es eigentlich überhaupt nicht merken, sondern das, was wir als Gefühl verstehen, sich immer mehr uns zukehrt, bis letztendlich am Ende eines Lebens der Kern des Gefühls gefunden wird und der Mensch in eine andere Dimension überwechselt. Die vorher beschriebenen Zeitverschiebungen sind dann Gegenwart. Von Individuum zu Individuum ist die

103

Entfernung der jeweiligen Dimension verschieden. Der eine erkennt sich wieder in der Zeit der Affenmenschen, der andere nur auf einer Erde, die noch ein Feuerball ist, ein anderer wiederum ist ins Mittelalter verschoben. Das alles macht unser Leben aus. Die Geschichten, die wir immer und immer wieder hören, oder manchmal auch sehen, lesen, bewegen unsere Seelen durch die ganze Zeit, und auch nach dem Tode sind sie nicht einfach weg, sondern irren mannigfaltig durch die Zeit. Schon jetzt! Denn was ist der Tod? Wir alle sind bereits tot. Jedoch leben wir anschaulich dargestellt in einer Phantasiewelt, in der wir uns »behaupten« müssen, wenn einem kein anderer einfällt, vor Gott. Ich denke, diese kleine Aufklärung soll uns aber nicht verstimmen. Wir denken einfach nicht so sehr darüber nach, sondern erfüllen unsere Aufgabe, nämlich zu leben, zu lieben und zu kämpfen. Und viele andere Dinge, vor allem aber, den Wissenschaftlern zu verzeihen, daß sie uns so derart analysieren wollten. Es ist bis heute nicht gelungen. Der Lungenfisch ist Mensch geworden, der Mensch wird Welt.

Ich hatte neulich in meiner kleinen Praxis einen Mann zu Besuch, der am Hals eine kartoffelgroße Warze hatte. Er hatte die Empfehlung, zu mir zu kommen, vom Veterinäramt der Stadt Mülheim a.d. Ruhr bekommen. Die wissen ja, daß ich auch Warzen bespreche. Also begann ich mit der Behandlung. Und was soll ich sagen, meine sehr verehrten Damen und Herren? Die Warze wurde zunächst so groß wie ein Luftballon und zerplatzte dann wie ein Traum. Der Mann aber bedankte sich nicht, sondern fuhr mich wutentbrannt an mit den Worten: »Du Schwein! Wo ist die Warze! Was haben Sie mit meiner schönen Warze gemacht! Sau!«

Dann drehte er auf dem Absatz um, ohne zu bezahlen, und verschwand. Tja, auch eine Art, sich in dieser Welt zu behaupten.

Die Satanskralle von Singapur war in Singapur eingetroffen. Die Produktionsgesellschaft hatte das Ticket zuletzt dann doch nicht gezahlt, und da der Krallenmann seine Gage noch nicht bekommen hatte wegen seines Vertrages, der beinhaltete, daß er erst Gage bekommt, wenn der Film weltweit vermarktet worden war, hatte er sich kurz entschlossen im Radkasten der Boing 227 an eine Felge gebunden, mittels eines dicken Drahtseils, damit, wenn der Kasten bei der Landung aufging und die Räder herausfuhren, nicht von dem Luftsog angezogen würde und von über tausend Metern einfach aus dem Flugzeug fallen müsste. Geschickt hangelte er sich an dem Gestell für die Landungsklappen und an den sich schnell drehenden Reifen heraus aus dem Kasten und sprang, sich mehrmals abrollend, bei dem Aufsetzen der Räder ins hohe Gras, das seitlich der Landebahn seit langem nicht mehr gemäht geworden war. Er hatte nur ein paar blaue Flecken. Die stammten aber meist schon aus dem Radkasten, denn dort herrschten während des Fluges Minusgrade in zweistelliger Höhe, und so hatte er sich einige Frostbeulen zugezogen. Sogar ein Stück seines zurechtgebogenen Kleiderbügels, den er ja als Greifhilfe benutzte, war abgefroren. Das mußte zuerst geflickt werden. Er wartete in Hockstellung auf die Nacht, dann machte er sich am Kleiderschuppen der Stewardessen zu schaffen und entwendete einen neuen Drahtkleiderbügel, aus dem er sich eine neue, noch besser funktionierende Kralle formen

105

konnte. Dann sprang er, seine alte Kralle in hohem Bogen wegschmeißend, stadteinwärts.

Kommissar Schneider saß auf dem Hocker in der McDonalds-Bude am Hafen. Er verschlang hungrig einen Fischmac. Dabei trank er Kakao. Der Hund schaute ihm bettelnd ins Gesicht. So lange, bis der Kommissar nicht mehr konnte und dem deutschen Schäferhund etwas abgab. Knurrend, nachdem er das kleine Stückchen verspeist hatte, schaute er den Kommissar wieder an. Wurde er gerade falsch? Der Kommissar haute ihm mit der flachen Hand von oben auf die Schnauze. »Schnauze!« schnauzte er ihn an.
Das gefiel einer alten Frau überhaupt nicht! Die fuhr den Kommissar an: »Na, hören Sie mal! Was fällt Ihnen denn ein? Sind Sie wahnsinnig? Sie können doch nicht ihre Wut an diesem armen Tier auslassen! Sie Schwein!« Dann haute sie ihm ihren Schirm auf den Kopf. Mehrmals. Ein paar Angestellte von McDonalds wollten helfen. Sie stürzten sich auf den Kommissar. Der Hund riß sich los und fraß alles auf, was ihm in die Quere kam, auch die Papierhütchen der Kellner! Dann ging die Tür auf, und herein kam ein Mann mit einer Kralle anstatt einer Hand. Es war die Satanskralle von Singapur. Er wollte eigentlich auch was essen. Als er den Kommissar sah, wie er sich vor den Angreifern schützen wollte, griff er ein. Das konnte er nicht ertragen, daß jemand von solch einer Übermacht zusammengeschlagen wird. Zusammen mit dem Kommissar Schneider kämpfte er nun Seite an Seite gegen zwanzig Feinde. Nach einer Weile bekamen sie mit-

tels ihrer Kampftechnik die Oberhand. Zwei gegen den Rest von McDonalds. Als die Schlägerei zu Ende war, sahen sich die beiden, der Kommissar und der Krallenmann, an. Der Kommissar konnte es nicht glauben. Stand vor ihm der Gesuchte?? Der Mann, der schon so viele Menschen auf dem Gewissen hat wie Finger seiner Hand? Mal zehn? Das konnte nicht sein. Wieso hatte er dem Kommissar geholfen, war er dann vielleicht doch gut? Der mit der Kralle stellte sich dem Kommissar vor. »Ich bin der Mann mit der Kralle, oder auch die ›Satanskralle von Singapur‹ genannt. Ich kenne Sie. Sie sind Kommissar Schneider, Heinz Schneider aus Deutschland, ist es nicht so? Und Sie sind hinter mir her, stimmts?« Der Kommissar bekam schon ein schlechtes Gewissen. »Na ja, eigentlich nicht direkt, ich bin beauftragt worden, jemanden zu suchen, der Ihnen ein wenig ähnelt. Aber keine Sorge, ich weiß jetzt, daß Sie nicht der Gesuchte sind. Übrigens schönen Dank, daß sie mir geholfen haben.« Dann guckten sie auf den Boden, und dort lagen verstreut und hübsch anzusehen die zwanzig Leute, mit denen sie es aufgenommen hatten. Bei einer Tasse Kakao erzählte der mit der Kralle dem Kommissar seine Geschichte, wie er die Pipeline erfand aus Pappe und warum die Industrie es sich nicht nehmen ließ, diese Erfindung weltweit als Papperlapapp abzutun und zu diffamieren.

Der Kommissar machte sich jetzt ein völlig anderes Bild von der Satanskralle von Singapur. Die ganzen Ungereimtheiten wurden nun zu einem Puzzle zusammengeführt. Aha, er wurde also praktisch zum Mörder, weil die anderen ihn dazu gemacht hatten, nicht schlecht! Der Kommissar war mittlerweile davon überzeugt, daß es sich jetzt doch um die

107

Satanskralle von Singapur handelt. Zuerst hat er ja gezweifelt, aber jetzt? Die beiden gingen stundenlang spazieren, und der Krallenmann erzählte dem Kommissar noch mehr, wie er die Pipeline aus Pappe zum Zusammenfalten herstellen will, am besten in der ehemaligen DDR, wegen der staatlichen Zuschüsse. Dem Kommissar gefiel die Idee mit dieser Pipeline aus Pappe, allein die Idee war schon eine Bestleistung eines überaus intelligenten Denkers, aber erst mal die Umsetzung, einfach genial! Plötzlich tauchten am unteren Ende der Straße mehrere Mammuts auf. Sie stürmten direkt auf die Satanskralle und den Kommissar zu. Ein Sturm erhob sich vor ihnen, die Straßendecke wölbte sich, und am Himmel krachte ein Flugzeug gegen einen Meteoriten. Schlangen überquerten hastig die Straße. Hinter Kommissar Schneider stand auf einmal der Polizeipräsident mit dem Billardstock im Hals und gab ihm eine Art Zeugnis, Kommissar Schneider nahm es entgegen, da waren die Mammuts auch schon vorübergelatscht, sie hatten kein Interesse an den Menschen, sie waren ja Pflanzenfresser und nur aggressiv, wenn man sie reizt. Die Satanskralle von Singapur war auf einen Holzkarren aufgesprungen, der von einer Herde Truthähne gezogen wurde, ein Bauer rannte mit einem Knüppel hinterher und schrie eine unbekannte Sprache. Da vorne qualmte es aus der Erde, und schwappend ergoß sich ein Lavastrom kleineren Ausmaßes über den kleinen Park auf der rechten Straßenseite. Dann regnete es kurz wie von Sinnen, und dann wiederum machten der Regen und das viele Wasser urplötzlich einer sengenden Hitze Platz! Wie konnte das alles vor den Augen des Kommissars geschehen? Und es ging weiter, ein vollbesetzter Bus überfuhr den

109

Kommissar, der sich nur durch einen starken Willen retten konnte, dann sah er sich auf einmal im berühmten Bernsteinzimmer wieder, wie er im Begriff war, einen Schrank zu öffnen und das Buch herauszunehmen, das ihm seine Frau zum fünfundsechzigsten Geburtstag geschenkt hatte. Er las es in diesem Moment komplett durch, dabei wehten seine Haare und wuchsen erst lang, dann wieder zurück, ja, waren ganz weg. Der Kommissar schaute an sich herunter und sah eine Windel um seine Hüfte geschlungen, konnte nichts sagen darauf außer einer Art jammernden Schrei. Er hatte Hunger, nahm etwas vom Fläschchen und stieg in seinen Sportwagen ein, den er wie ein Irrer über die Schienen der Holzeisenbahn jagte. Ein Verbrecher stahl ihm seine Aktentasche, wo sein Frühstücksbrot drin war, und dann wurde es dunkel. Die Wände des Sargs waren angeraut. Er konnte es fühlen mit den Fingerspitzen. Sein Hemd hatte keine Taschen. Sie hatten ihm seine erste Schutzmann-Ausrüstung mit reingelegt. Er war wohl tot. Doch dann flogen seine Knochen zur Seite, der Bagger grub an dieser Stelle ein Loch für ein Fundament. Eines der größten Hochhäuser sollte hier errichtet werden. Das war dem Kommissar egal. Seine Seele war woanders, und zwar im Tertiär. Er rappelte sich kurz auf, um dann erst mal die Gesteine zu überprüfen, die am Wegesrand, wenn man die kleine Furch durch den Felsen so nennen wollte, lagen. Tatsächlich, Sedimentgestein. Der Kommissar hatte zum Glück seine Sinne noch alle beisammen, und er verstand sofort, was ihm passiert war. Er war in eine andere Dimension eingedrungen. Sein Anzug war etwas verschmutzt durch die Reise. Regen, Feuer, Staub, die Tiere, die ihm sehr nahekamen, und so weiter, all das hatte seinen

110

Anzug zu einem Zeugen seiner Zeitreise gemacht. Er wollte ihn auf jeden Fall zu Hause an einem besonderen Ort aufhängen. Aber erst mal nach Hause kommen! Keine Bahnverbindung, keine Straßen in der Nähe. Was tun? Er überlegte nicht lange, er ging einfach los. Und als er sich da so die Füße vertrat und in leichtem Walk-Gang daherging, fühlte er sich frei und unbeschwert. Hinter einer Anhöhe, die er erklomm, breitete sich vor ihm ein wunderschönes Tal aus. »Zillertal« wurde es Millionen Jahre später genannt.

Die Frau Kommissar Schneider sehnte sich nach einer zärtlichen Hand. Sie wartete schon bald zwei Wochen, immer noch kein Lebenszeichen ihres Mannes. Konnte es sein, daß sie ihm egal geworden war? Die Frau Kommissar saß in ihrer Küche und schnitt Käse für das Raclette-Essen, das sie heute abend für allein gelassene Polizistenfrauen geben wollte, außerdem hatte sie einen Stripper eingeladen, als Überraschung für die Damen. Man mußte ihnen mal was bieten, die langweilen sich sonst zu Tode. Aus dem Garten klang es vertraut nach Vögelchen, die sich in dem kleinen Brunnen aus Granit badeten, es wurde Frühling. Eine Elster schnatterte laut im Baum, Frau Kommissar trat heraus und klatschte ein paarmal in die Hände, um sie zu vertreiben. Der große schwarzweiße Vogel flatterte zu den Nachbarn herüber. Dort konnte er machen, was er wollte. Sie waren in Urlaub. Es war still bei Hartmanns. Schnell war es 19 Uhr dreißig, die ersten Damen trafen ein, meist mit dem Auto. Sie stiegen unbeholfen auf ihren Stöckelschuhen den

Eingang hoch, die drei flachen Stufen aus Naturstein, umrahmt von einer knöchelhohen Buchsbaumhecke. »Guten Abend, Frau Kommissar!« oder »Hallo, ihr Lieben! Schön habt ihrs hier, oh nein! Was für eine schöne Tür!« Alle bewunderten die Eingangstür, die Kommissar Schneider selbst ausgesucht hatte. Drinnen war schon etwas los, Musik kam aus der Truhe. »Hier sind Schnittchen, wer will Lachs?« »Hör mal, Friederike, was ist denn mit Heinz los, hat er etwas mit dem Magen, oder warum ist er so dünn geworden?« »Nein, er raucht nicht mehr.« »Aber dann legt man doch zu!« »Heinz nicht, Frau Leiendecker, ich bin ja auch nicht die Allerkräftigste.« »Ich geben Ihnen gerne etwas ab, Frau Schmidtbauer!« »Haha, von mir können Sie auch noch was kriegen!« »Laß doch, Erna, der Kuchen ist doch genug. Ich nehme noch eine Tasse Kaffee.« »Hier bin ich, Erna, reich mir mal deine Tasse rüber!« »Danke!« usw. usw. Es hörte nicht mehr auf. Doch dann schellte es erneut. Es waren alle vollständig, also wer könnte das denn sein? »Ich mach auf, Erna!« Frau Wisotzky ging die Tür aufmachen. Sie kam mit einem den anderen Damen unbekannten Mann wieder ins Wohnzimmer. Der Stripper. Alle Damen waren plötzlich wie ausgewechselt, jede wollte mal die Muskeln dieses durchtrainierten Mannes prüfen. Dann legte Frau Kommissar Schneider eine ziemlich schnulzige Saxophonmusik auf. Der Stripper begann sein Werk. Immer mehr Kleidungsstücke fanden unter begeisterten Ausrufen den Weg vom Körper weg auf den Teppich. Dabei tänzelte der erwachsene Kerl wie ein Lama von einem Fuß auf den anderen. Er schwitzte. Große Schwitzflecken malten sich hinten unter den Achseln auf seinem geringelten Seemannshemd-Pullover ab, mit

112

einer Art Salzrand. Dann zog er ihn über den Kopf, war für Sekunden blind. Das reichte, um eine Dame so vorwitzig werden zu lassen, ihm laut schreiend in den Schritt zu greifen. Schnell war sie wieder auf ihrem Platz. Der Stripper war das gewohnt, vor allem bei den älteren Damen. Jetzt kam das Unterhemd und dann zwei, ja sogar drei Unterhosen übereinander, bei jeder folgenden machte er ein unerhörtes Trara, dann zuletzt ließ er gekonnt pudelnackt sein Schwänzchen wie ein Stück Einmachgummi erst vor und dann zurückschnellen, da war es weg. Die Damen schrieen auf vor Entzücken, und sofort, als das Schwänzchen weg war, ging ein trauriges »Ohhhh« durch das Wohnzimmer des Kommissar Schneider. Schnell packte der Stripper seine Siebensachen zusammen, kniff den Hintern zusammen und drehte sich um, um den Raum zu verlassen. Er zog sich in der Küche wieder an, dann bekam er noch das Geld und mußte zur totalen Enttäuschung der Damen sofort wieder weg, zum nächsten Engagement. Ein gelungener Abend. Doch als Frau Kommissar Schneider nachts im Bett kein Auge zumachte, war sie sehr einsam. Allein, ohne ihren Mann, kam ihr das Leben wie ein Witz vor.

»Peitscht ihn aus! Er hat sich einen Apfel genommen!« Der Marktschreier hielt mit seinem starken Arm einen dünnen, fast verhungerten Mann fest, der nur einen Arm hatte. Statt der fehlenden Hand hing der Rest eines verrosteten Kleiderbügels aus dem Ärmel. Der Mann flehte um Gnade, doch die Kerle, die ihn sich jetzt vornahmen, waren alles andere als verhandlungsbereit. Sie hauten ihm den ganzen Rücken kaputt und rissen ihn dabei an den Haaren, dann schnallten sie ihn zwischen zwei Pferde und warteten auf den Befehl des Wortführers, die Pferde auseinanderzutreiben. »Hoh!!« rief der Wortführer, und die Kerle gaben den Pferden einen gehörigen Klaps auf den dicken Arsch. Die Pferde jedoch verharrten an der Stelle. Das waren sie so gewohnt, denn sie sollten dem Delinquenten nur Angst einjagen. Der mit dem Kleiderbügel als Armersatz atmete auf. Gerettet. Doch als er zur Seite schaute, raste ein Reiter mit einem riesigen Säbel auf ihn zu, um ihn mittendurchzuschneiden. Er wirbelte den Säbel wild um seinen Kopf und schrie einen gellenden Schrei in den Himmel. Eine Stirnlocke wehte flott im Wind dabei. Da plötzlich waren die Pferde weg, und auch der Reiter und der Krallenmann lagen am Boden, vor einem großen Spiegel. Er hörte Musik. Jemand spielte Klavier. »En, deix, trois!« Die Kommandos eines Ballettmeisters zerschnitten den Raum. Zehn oder mehr junge Mädchen hoben gleichzeitig ihre Beine zu einem schwanähnlichen Gebilde, es sah recht nett anzuschauen aus. Der Krallenmann war unbemerkt auf die Seite gerollt und zog sich an der Heizung hoch. Wo war er? Und, wichtiger noch, wer war er?

Kommissar Schneider stapfte durch die Gegend. Irgendwo mußte es doch hier einen Aufzug geben. Er war fest davon überzeugt, daß hier ein Aufzug war. Natürlich nicht in der Zeit, in der er sich gerade aufhalten mußte, mehr oder weniger wider Willen. Nein, der Aufzug wurde ja erst 1947 gebaut, hier wird eines Tages das Bürogebäude der Firma Siemens stehen, wo man mit einem Aufzug in den achten Stock fahren kann. Der Kommissar dachte nach. Er hatte ja noch seine Armbanduhr. Er hatte die Idee des Jahrhunderts! Hah! Ganz einfach! Er dreht die Zeit vor! Und er begann, an seiner Uhr zu drehen. Nach ein paar Stunden hatte er schon große Schwielen an Daumen und Zeigefinger der rechten Hand. Aber er war noch nicht sehr weit. Er mußte ja Millionen von Jahren auf seiner kleinen Armbanduhr vordrehen! Was für ein Akt! Doch eine Pause gönnte er sich nicht. Er machte weiter, bis die Sonne unterging, dann legte er sich zwei Stunden hin und machte da dann wieder weiter. Nach ungefähr zwei Wochen, wobei er kaum was essen konnte, denn er hatte ja nur ein einziges Butterbrot bei, entdeckte er auf einmal seinen deutschen Schäferhund, wie der in der Gegend rumschnüffelnd scheinbar auf etwas Interessantes gestoßen war und jetzt anfing, zu buddeln. Der Kommissar freute sich, weil der Hund mit in das Tertiär hereingenommen worden war von der Zeitmaschine oder was soll das denn sonst sein da, mit dem der Kommissar jetzt hier war! Schnell rannte er zu der Stelle, wo der Hund grub. Und tatsächlich, nach einer Weile kam etwas silbrig Schimmerndes, eine Art Quadrat, zum Vorschein. Beide gruben weiter, der Hund mit Schnauze und Pfote, der Kommissar mit Mund und Händen. Nach zwei Stunden hatten sie ausgegraben, was sie wieder in die Neuzeit zurückbringen sollte: ein Aufzug der Firma Schindler, Germany.

Als der Kommissar den Knopf drückte mit der Bezeichnung »Oberstes Stockwerk, Homo sapiens« stockte ihm zunächst vor Erregung der Atem. Doch dann, auch durch das leichte

Geknurre seines Hundes angetrieben, drückte er noch einmal. Jetzt etwas stärker. Und daraufhin erschallte ein lautes Summen in A-Moll, und der Aufzug setzte sich schwerfällig in Bewegung. Nach ein paar Stockwerken ging es immer schneller. Immer schneller, immer schneller, der Hund wurde in Trance versetzt, und auch Kommissar Schneider konnte der unerhörten Supergeschwindigkeit nicht mehr standhalten. Er schlief im Stehen ein, fest umklammerte seine linke Hand den letzten Rest des Butterbrotes. So ging es mehrere Tage, Wochen, Monate, Jahre und Jahrmillionen! Natürlich in Verschnellligung. Ganz klar, zu Fuß ist so was unmöglich.

Frau Kommissar Schneider saß beim Frauenarzt. Der Arzt war neu in der Stadt, ein gewisser Doktor Mu, aus Korea oder so. Eine Koryphäe als Gynäkologe. Er hatte schon angeblich Neunzigjährigen zu neuem Kinderreichtum verholfen. Durch eine ganz einfache Methode, die heutzutage kaum noch angewandt wird. Durch Verpflanzung von fertigen Kindern in die Leibhöhle der alten Damen, die Kinder waren schon so vier, fünf Jahre alt und hatten zwar schon Eltern, aber Zusatzeltern werden ja immer gefragter in Deutschland. Frau Kommissar wollte allerdings kein Kind, es war eine Routineuntersuchung, die hier an Ort und Stelle stattfinden sollte. Die Tür ging auf, und der Arzt kam heraus. Frau Kommissar fiel sofort auf, daß er nur einen Arm hatte, obwohl er das gut getarnt hatte mittels einer Art Kleiderbügel, der etwas schlapp herunterhing. An dem

Kleiderbügel war ein Ring angebracht, er war wohl verheiratet. Natürlich, die Satanskralle von Singapur wollte sich so eine neue Existenz aufbauen. Eine chirurgische Ausbildung hatte er per Internet absolviert, und zur Gynäkologie zog es ihn irgendwie hin, weil er sich da besser einbringen konnte als woanders. Doch Frau Kommissar Schneider sah ihn mit halbgeöffneten Augen von der Seite an. Ja, das muß der Mann sein, den sie von den vielen Plakaten kannte und der jetzt von Interpol gesucht wurde. Genau, dieser negativistische Zug um den Mund, so ein wenig wie Udo Jürgens, ja, kein Zweifel. Das war der Mann!

Sie machte keinen Fehler, nein, sie ließ sich von ihm untersuchen. Dann ging sie auf die Toilette, um eine Harnprobe in einen kleinen Becher zu machen, und nutzte die Gelegenheit für einen Anruf mit ihrem Handy. Sie wählte die Nummer ihres Mannes. Tuut, tuut, tuut … »Verdammt, beeil dich, wenn du das hörst, der kann jeden Moment reinkommen und mich mit seiner Kralle, mit dieser fiesen Satanskralle aufschlitzen! Kommissarchen, bitte, bitte! Kommissärchen!! Geh dran …« (dachte sie).

Das Telefon des Kommissar Schneider trötete durch den kleinen Aufzug. Schon lange. Der Kommissar wurde davon wach, der Hund hatte sich auch schon gemeldet, er schlug an. Kommissar Schneider fummelte sein Handy aus dem Mantel und hob ab. »Schneider?« Seine Frau am anderen Ende der Leitung schien völlig wie von Sinnen, sie hätte die Satanskralle von Singapur entdeckt und müsse sofort wieder in die Praxis, und sonst tut er ihr was an, und es wäre Ecke Marktstraße, Charlottenkamp, die Praxis des Frauenarztes Dr. Mu. Er soll sofort kommen. »Aber die Satanskralle ist doch in Ordnung, der tut doch keinem was, er ist doch ein Opfer der Umwelt, Lady Schatzimausibumsi. Trotzdem, ich beeile mich, bin noch im Büro und lege jetzt die Akte Schmittering weg, ich komme sofort, mein Schatz!« Er wollte auflegen, doch die Frau Kommissar sagte noch, daß der Krallenmann ihr bereits in die Vagina hereingeschaut hatte, und schon dafür müsse er verhaftet und vor den Richter geschleppt werden. Das machte den Kommissar rasend vor Eifersucht. Plötzlich war der, mit dem er ja jetzt ein gutes Verhältnis gehabt hatte zuletzt, bei ihm total unten durch! Er wollte ihm am liebsten mit dem nackten Arsch ins Gesicht springen vor Wut!

Als der Kommissar zu der angegebenen Adresse Marktstraße, Charlottenkamp kam, standen schon einige Polizeiwagen da vor Ort. Ein Zufall, Verkehrskontrolle. Ein Zufall? Kommissar Schneider sprang mit heruntergelassener Hose rückwärts durch das geschlossene Fenster in die Praxis des Dr. Mu herein. Dr. Mu stand, nein, lag doch mehr, unter seinem Untersuchungs-Chair, um ihn zu ölen, denn die Hydraulik leckte. Er bemerkte den Kommissar und wirbelte herum. »Ach so! Sie sind's! Wie war's im Zeitalter der Gesteinsproben!?« Kommissar Schneider ließ die Pistole sinken und zog sich die Buxe hoch. Tatsächlich, er konnte der Satanskralle von Singapur nicht böse sein. Diese treuen Augen, dieser nach Antworten suchende Blick, die Kralle, dieses selbst von eigener Hand zurechtgebogene Stück Drahtkleiderbügel, all das wirkte sympathisch. Der Kommissar öffnet die Tür zum Wartezimmer. Wo war seine Frau? Sie versteckte sich hinter einem Rubens-Bild, die Beine guckten heraus. »Aber

119

Mausibärchen, du brauchst doch keine Angst mehr zu haben! Ich bin ja bei dir!« Die Satanskralle kommt von hinten dazu, mit einem neuen Jahreskalender in der Hand, von der Versicherung, er will ihn aufhängen. »Aber er ist ein Mörder!« Frau Kommissar zeigt erbost auf die Satanskralle. Der Kommissar wiegelt ab. »Keiner ist hier ermordet worden. Es ist spätnachmittags und ich muß noch ins Büro. Komm doch mit, Schatz.« Und mit einem stillen Gruß verabschiedet Kommissar Schneider sich von der Satanskralle von Singapur. »Du kannst gehen. Dein Name wird verlöschen, eines Tages. Und damit die Verbrechen. So ist es. Und so sei es. In unserer Dimension ist noch Platz, viel Platz. Interessant. Sehr interessant. Good by! Kralle!« Er streichelt zärtlich den Schäferhund, der die ganze Zeit neben ihm verharrt. Der Satanskrallenheini dankt stumm. Dann streift er sich Gummihandschuhe über die Hand und den verbogenen Bügel, geht zur Tür: »Die nächste bitte!« Der Kommissar wendet sich erneut seiner Frau zu: »Siehst du? Ein fleißiges Kerlchen!«

Kommissar Schneider saß mit seiner Frau noch lange in dem kleinen Büro. Sie hatte das Licht nicht angemacht, obwohl es schon dunkelte. Die anderen Polizisten und der Polizeipräsident waren auf ihren Zimmern. Eine Grabeskälte kroch dem Kommissar am Bein hoch. Seine Frau bemerkte das und nahm ihn in den Arm. »Wir werden alles noch einmal erleben, ganz allein. Das ist nun Gewißheit. Und ändern, ändern können wir auch dann wieder ... nichts.« Kommissar Schneider stand auf, streichelte den Hund, nahm seine Frau bei der Hand und verließ das Büro. Man sah noch lange die drei Schatten sich gegen das fahle Mondlicht abmalen.

Caspar David Friedrich kommt mir in den Sinn, das mit den Bäumen. So long, liebe Leute.

Anmerkung des Autors:
Dieser Fall wurde nicht gelöst. So was kann auch passieren. Es gibt ja soviel Ungelöstes auf der Welt, auch wenn es die meisten Kriminal-Schriftsteller nicht wahrhaben wollen.

2. Auflage 2004

© 2004 by Verlag Kiepenheuer & Witsch, Köln
Alle Rechte vorbehalten. Kein Teil des Werkes
darf in irgendeiner Form (durch Fotografie, Mikrofilm
oder ein anderes Verfahren) ohne schriftliche
Genehmigung des Verlages reproduziert oder unter
Verwendung elektronischer Systeme verarbeitet,
vervielfältigt oder verbreitet werden.
Umschlaggestaltung: Barbara Thoben, Köln
Umschlagfoto: © Helge Schneider
Satz: Kalle Giese, Overath
Druck und Bindearbeiten: Clausen & Bosse, Leck
ISBN 3-462-03381-6

Helge Schneider liest
Mendy, das Wüsical!

Mit Helge in allen Rollen und als Sänger und Pianist

2 CD-Set im Schuber, 81 Min.
ISBN: 3-936186-47-2 · Indigo Best. Nr. 3177-2

„Helge Schneider ist ein Kind und ein alter Mann,
ein Verrückter und ein seriöser Herr. Ein Clown,
der beste, den wir haben."
Süddeutsche Zeitung

Mehr von Helge Schneider unter:
www.roofmusic.de

tacheles!/Roof Music GmbH
Prinz-Regent-Str. 50-60 · 44795 Bochum · Tel.: 0234/29878-0 · Fax: 0234/29878-10

Paperbacks bei Kiepenheuer & Witsch

Helge Schneider
Das scharlachrote Kampfhuhn
Kommissar Schneiders letzter Fall

Mit 11 mit Kuli gezeichneten Zeichnungen
KiWi 391
Originalausgabe

Dieser Fall stellt sich für Kommissar Schneider schwieriger als alle vorhergehenden dar. Das muss man sich mal vorstellen! Und grausamer ist dieser Fall auch, denn es handelt sich nicht nur um einen Allgemeinmörder, sondern um eine ganze Sekte, anscheinend, oder sind gar Tiere zum Mord erzogen? Ein Huhn tötet! Es ist unglaublich, aber in wessen Auftrag? Der Kommissar weiß manchmal nicht ein noch aus, denn zu dem kniffeligen Fall stoßen auch private Komplikationen. Dies gehört aber nicht in das Buch – denkt man.

www.kiwi-koeln.de

Paperbacks bei Kiepenheuer & Witsch

Helge Schneider
Der Mörder mit der Strumpfhose!

Kommissar Schneider wird zum Elch

Mit 8 mit Kuli gezeichneten Zeichnungen
KiWi 415
Originalausgabe

Millionen Menschen lesen seine Krimis, Millionen Menschen versuchen, seine scharfsinnige Spürarbeit zu kapieren, Kommissar Schneider ist allen ein paar Kilometer voraus! Seine unglaubliche Kombinationsgabe wird von allen Polizisten der Welt versucht nachzumachen, doch keinem gelingt es! Kommissar Schneider ist unique. Ein Einzeltänzer auf dem dünnen Seil der Verbrechensbekämpfung.

www.kiwi-koeln.de

Paperbacks bei Kiepenheuer & Witsch

Helge Schneider
Der Scheich mit der Hundehaarallergie

Kommissar Schneider flippt extrem aus

KiWi 624
Originalausgabe

Helge Schneider teilt seinen Lesern mit: »Hier ist er wieder, Kommissar Schneider! Lange sollte seine Rentnerzeit nicht sein, und so kam es dazu, dass der Herr Kommissar mal wieder einen besonders schwierigen Fall auf sich genommen hat. Es treibt ihn sogar in den Orient, Jemen, Fez, Arabien und so. Dort hat er jede Menge zu tun. Nur wenig, sehr wenig hat dieses sein Tun mit dem aktuellen Fall zu tun, weswegen er da ist! Der Scheich mit der Hundehaarallergie ist praktisch unsichtbar. Der Kriminalist zieht aber alle Aufmerksamkeit auf sich, als er dann am Ende doch den Scheich mit der Hundehaarallergie entlarvt und von einem fahrenden Motorroller reißen kann. Erwischt! Der kann sich nicht mehr rausreden. Oder doch?«

www.kiwi-koeln.de